Zimtsternzauber

Ein Weihnachtsblogroman

von Izzy Maxen

Izzy Maxen

Zimtstern Zauber

Bibliografische Information der Deutschen Nationalbibliothek: Die Deutsche Nationalbibliothek verzeichnet diese Publikation in der Deutschen Nationalbibliografie; detaillierte bibliografische Daten sind im Internet über http://dnb.dnb.de abrufbar.

© 2021 Izzy Maxen
2. Auflage
E-Mail: izzymaxen@gmail.com
www.izzymaxen.com

Korrektorat: Federstaub Lektorat, Julia Weimer
Buchcoverdesign: Sarah Buhr /
www.covermanufaktur.de unter Verwendung Stockgrafiken von BokehStore; Melinda Nagy; anttoniart; cosmaa; sabri deniz kizil / Shutterstock sowie LisaShu / Adobe Stock

Herstellung und Verlag:
BoD – Books on Demand, Norderstedt
Taschenbuch: ISBN: 9-783755-757535

Anmerkung der Autorin

Liebe Leser und Leserinnen,

bevor ihr Zoe & Cedrik durch eine turbulente Adventszeit begleitet, ein paar Worte vorweg.

Zimtsternzauber ist ein Blogroman, den ich während der Adventszeit 2017 auf meiner Website veröffentlicht habe. 24 Kapitel in 24 Tagen, eine wahnwitzige Idee, die mich irgendwann im November ereilt hat, und den ganzen Rest des Jahres nicht mehr los lies. Was daraus folgte, waren 24 weihnachtliche Tage voller Ideen, wunderbarem Feedback, gestresstem Schreiben, Überarbeiten und Korrigieren und ganz vieler aufbauender Worte. Kurz: Eine Wahnsinnzeit, die ich keine Sekunde missen will!

Eure Izzy

Hilfe, mein Teenieschwarm ist mein neuer Chef!

Zoe

Freitag, 1. Dezember

Was für ein Tag! In meiner persönlichen Skala an echt verkorksten Tagen in diesem Jahr – und davon hat es weiß Gott eine Menge gegeben – kommt dieser direkt hinter dem 18. Oktober. Jenem unheilvollen Nachmittag, an dem ich Oliver im Büro mit Theaterkarten überraschen wollte, ihn jedoch zwischen den Beinen seiner hellblonden, aber - sorry - echt hohlen Sekretärin gefunden habe. Um dem Ganzen auch noch die Krone aufzusetzen, hat mich Oliver anschließend aus unserer Wohnung geworfen und ich musste zurück zu meinen Eltern. Zurück in die mütterlichen Arme und in mein Kinderzimmer. Das war der absolute Tiefpunkt in den letzten sechs Jahren!

Augenblicklich schießen mir Tränen in die Augen, die ich verzweifelt weg blinzle. Krönchen richten, weiter-kämpfen. Echte Prinzessinnen weinen nicht! Außerdem sehe ich auch so schon vollkommen zerstört aus, da machen es verheulte Augen mit verlaufenem, schwarzem Mascara nicht besser. Mein Magen grummelt laut und stöhnend schließe ich kurz die Lider. Ich hätte nicht auf Tina hören und zuhause bleiben sollen. Aber sie war der Meinung, dass es dringend mal wieder Zeit für einen Mädelsabend sei, und so haben wir nacheinander die vier großen „S" im Leben einer Frau abgearbeitet: Schuhe, Shoppen, Sekt und Schokolade! Wobei der Sekt eine vorrangige Rolle gespielt hat und Schuld an meinen Kopfschmerzen und der miserablen körperlichen Verfassung ist. Und das ausgerechnet an dem Tag, an dem mein neuer Chef anfängt. Verdammter Mist!

Ich nehme einen Schluck aus meinem Kaffeebecher und hoffe, dass das Koffein innerhalb von Sekunden wahre Wunder wirkt, als sich die Aufzugstüren auch schon geräuschlos öffnen. Ein letzter Griff an meinen unordentlichen Pferdeschwanz, dann trete ich geduckt auf den Flur, den Blick stur gen Boden gerichtet … und laufe direkt gegen eine Wand.

Wumms!

Der Aufprall ist so hart, dass ich zurück stolpere und auf meinem Allerwertesten lande. Der Kaffeebecher fliegt spritzend aus meiner Hand und im ersten Moment sehe ich nur Sternchen. Dann hebt sich mein sowieso schon angeknackster Magen und drängt mit aller Macht nach oben. Nur mühsam kann ich ein Würgen unterdrücken, mein Kopf dröhnt, als würde der örtliche Musikzug gerade ein Maikonzert geben, und ein stechender Schmerz schießt mir das Rückgrat hinauf.

Dunkle Schuhe schieben sich in mein Blickfeld, bespritzt mit den letzten Spuren meines Latte macchiatos. Verwirrt hebe ich den Kopf. Mist! Die Wand entpuppt sich als dunkelgrauer Anzug, mit weißem Hemd, das nun ein großer hellbrauner Fleck ziert. Graublaue Augen funkeln auf mich nieder und instinktiv weiche ich ein paar Zentimeter zurück.

»Entschuldigung, ich habe Sie nicht gesehen«, murmle ich, während ich wie gebannt in das zornig verzogene Gesicht des Typen vor mir starre. Des unglaublich attraktiven Typens, wie ich am Rande bemerke, der sich in diesem Moment noch ein bisschen weiter zu mir herab beugt.

»Haben Sie keine Augen im Kopf, Sie dämliche Kuh?« Seine dunkle Stimme klingt schneidend und verursacht mir augenblicklich eine Gänsehaut. »Gehen Sie mir aus dem Weg und verschwinden Sie!«

»Aber ich arbeite hier!«, gebe ich prompt zurück und rapple mich gleichzeitig wieder auf. Was fällt dem eigentlich ein? Mir eine Hand zu reichen und aufzuhelfen zumindest schon einmal nicht. Was für ein Arschloch!

»Nicht mehr lange!« Er legt seinen Kopf schief und mustert mich von oben bis unten, als ich endlich wieder auf meinen Füßen vor ihm stehe. Unwillkürlich zupfe ich an meinem Pullover, der durch den Sturz ein wenig nach oben gerutscht ist.

Ein schiefes Grinsen schleicht sich in sein Gesicht. »Ich könnte schwören, ich kenne Sie.«

Ganz sicher nicht! Aber dennoch nutze ich die Gelegenheit, ihn ebenfalls genauer zu inspizieren und das Ergebnis versetzt mich auf der Stelle zurück in meine Jugend. Auf den Schulhof, um genau zu sein, zu den dreißig Minuten eines jeden Tages, die ich damit verbracht habe, Cedrik Baumann anzuschmachten. Den Jungen, der damals schon die coolsten Klamotten trug, der immer das neuste Handy hatte, der der erfolgreichste Fußballer in der Schulmannschaft war, mit dem alle Jungs befreundet sein wollten und in den alle Mädchen verliebt waren. Mich eingeschlossen. Und der mich die ganze Schulzeit über gequält hat. Der mir Streiche spielte, für den ich das Opfer aller möglichen Machtspielchen war, und wegen dem ich mehr als einmal heulend nach Hause gerannt bin.

Fünfzehn Jahre später muss ich zu meinem Ärger gestehen, dass die Zeit keinen bierbauchigen, haarlosen Loser aus ihm gemacht hat. Ein Kopf größer als ich, braune Haare, die bereits erwähnten funkelnden graublauen Augen und ein markantes Gesicht mit einem sexy Dreitagebart. Dazu einen trainierten Oberkörper, dessen Muskeln sich deutlich durch das kaffeegetränkte Hemd abzeichnen. Der Kerl ist der pure Sex auf zwei Beinen. Scheiße, die Welt ist doch echt unfair!

»Bist du fertig?«, fragt er mich und erschrocken löse ich meinen Blick von seinen hart definierten Bauchmuskeln. Blitzartig schießt mir die Hitze ins Gesicht, aber er wirkt äußerst amüsiert. Und zufrieden.

»Zora.« Sein Grinsen erreicht Joker-Qualitäten. Mir jedoch zieht es den Boden unter den Füßen weg. Zora. Die Rote Zora. So haben sie mich in der Schule immer genannt, wegen meiner leuchtend roten Haare. Oh, wie ich den Namen hasse!

»Cedrik«, erwidere ich äußerst geistreich und unterlasse es, ihn darauf hinzuweisen, dass mein Name immer noch Zoe ist. »Was machst du hier?«

»Ich arbeite ab heute hier. Als neuer Creative Director, bis Brunner aus seiner Kur zurückkommt.«

Kalte Angst kriecht meinen Rücken hinauf, kribbelt im Nacken, und augenblicklich fühle ich mich wieder wie das kleine Mädchen, das jeden Tag vergeblich auf ein Zeichen der Zuneigung von dem umschwärmten Schulstar gehofft hat. Stattdessen bekam ich Zahnpasta an die Spindtür oder Furzkissen auf meinen Klassenstuhl. Er arbeitet hier? Und ich bin ab heute seine verdammte Assistentin?!? Eine Panikattacke beginnt in meinem Bauch zu flattern, kämpft sich meinen Hals hoch und verlässt als hysterisches Kichern meinen Mund. Das kann, nein, das darf einfach nicht wahr sein!

»Bitte?«, krächze ich, dem Rande der Verzweiflung bedenklich nahe.

Langsam zieht er eine Augenbraue hoch. »Und was machst du hier? Bist du Praktikantin?«

Er wird mir das Leben zur Hölle machen. Er wird mich leiden lassen, wie die gesamte, verdammte Schulzeit hindurch. Und jeden einzelnen beschissenen Tag werde ich mir wünschen, ich hätte das Angebot der *Nero Investment Group* angenommen und säße jetzt in einem Büro in New York City, mit einem anderen Chef, in einem anderen Leben.

Von Vätern und Söhnen

Cedrik

Samstag, 2. Dezember

Ein schrilles Klingeln reißt mich aus dem Schlaf. Verwirrt schrecke ich hoch. Das ist eindeutig nicht mein Bett. Fuck, das ist noch nicht einmal meine Wohnung!

Eine warme Hand tastet suchend über die Bettdecke, fährt über meine nackte Brust. Mein Blick wandert nach links. Ein verwuschelter brauner Haarschopf lugt unter der Decke hervor, jedoch habe ich keine Ahnung, zu wem er gehört. Ok, das ist gelogen. Ich erinnere mich, dass ich die Tussi gestern Abend mit Max zusammen in einer Bar kennengelernt habe, kurz bevor dieser entschieden hat, mit der drallen Kellnerin abzuhauen. Aber verdammt – ich habe absolut keine Ahnung, wie sie heißt. Geschweige denn, wo genau ich bin. Eindeutig Zeit den Abflug zu machen!

Mein Handy klingelt erneut. Hektisch greife ich danach, bevor die unbekannt Braunhaarige wach wird.

»Ja?«, flüstere ich, während ich mich vorsichtig unter der Decke herauswinde.

»Cedric!«

Meine Mutter. Scheiße!

»Du hattest versprochen zum Essen vorbeizukommen und jetzt haben wir bereits Viertel nach eins.« Sie klingt vorwurfsvoll.

Das Essen ist heute?

»Mir ist etwas dazwischengekommen. Ich …« Ich werfe einen letzten Blick auf die Frau im Bett, während ich meine Hose schließe und beim Rausgehen mein Hemd vom Boden klaube. »Ich bin unterwegs.«

»Beeil dich! Dein Vater und Johannes sind auch da.«

Ich weiß, was sie mir damit sagen will. Und allein ihre Worte lassen mich verkrampfen und an meiner Zusage zum Mittagessen zweifeln. Mein Vater und Johannes. Die beiden brauche ich heute so dringend, wie eine weitere Staffel *Deutschland sucht den Superstar*.

Johannes ist mein überkandidelter, jedoch beschissen erfolgreicher Bruder, der es mit fünfunddreißig zum Chefarzt der Chirurgie gebracht hat, verheiratet ist und zwei zugegebenermaßen niedliche Kinder hat. Doch in Kombination mit meinem Vater, der mich nie akzeptiert hat, wie ich bin, und dem ich mich immer beweisen musste, ist er mein persönlicher Albtraum.

Fuck, zu viele Gedanken für einen Morgen, ich korrigiere, Mittag, an dem ich noch nicht einmal einen Kaffee hatte.

»Ok, Mama, ich bin gleich da«, antworte ich ihr verspätet und knalle die Haustür hinter mir zu, als könnte sie etwas für den beschissenen Start in diesen Tag.

Eine halbe Stunde später stehe ich bei meinen Eltern. Sie wohnen immer noch in dem großen Haus am Stadtrand, in dem ich aufgewachsen bin. Die Inneneinrichtung ist ähnlich klar und zweckmäßig, wie der ganze Stil des Hauses. Es finden sich keine Bilder an den Wänden, keine blumigen Vorhänge oder überflüssige Dekoration. Johannes Frau hat es einmal als kalt und unpersönlich bezeichnet, aber ich mag es. Es ist reduziert auf das Wesentliche, kein Schnickschnack, der ablenkt.

Ich habe es mir gespart zu duschen, Kaugummi und Deo müssen langen. Ein Blick in den Spiegel bestätigt mir aber, dass ich passabel aussehe. Mit einem entwaffnenden Zahnpastalächeln betrete ich das Esszimmer.

»Sorry für die Verspätung, ein Notfall im Büro.« Die Arbeit ist das Einzige, was mein Vater als Ausrede für die Missachtung eines Familienessens akzeptiert. Und da ich das weiß, spiele ich genau diese Karte aus.

»Du hast doch gestern erst dort angefangen? Da gibt es jetzt schon einen Notfall?« Misstrauisch runzelt er die Stirn und sein eindringlicher Blick scannt mich von oben bis unten. Nicht, weil ich samstags arbeite, das ist in unserer Familie normal, sondern, weil ihm die Firma gehört. Er hat *Baumann Kommunikation* gegründet, die mittlerweile zu den größten PR-Agenturen in Deutschland zählt. Mein Vater ist immer noch Geschäftsführer, und seit gestern hat er mich dort als Creative Director eingesetzt. Doch anscheinend hat er jetzt schon Angst, dass ich den Karren so richtig in den Dreck fahre. Nur deshalb ist er sofort in Alarmbereitschaft.

»Max hat mich gebeten, nochmal über die Quartalszahlen zu schauen, bevor er sie dir präsentiert. Nichts Wildes«, wiegle ich so belanglos ab, wie irgend möglich. Max arbeitet in unserer Finanzabteilung, vor allem aber ist er mein bester Kumpel. Dass Max mir die Zahlen bereits gestern Abend vorgelegt hat und wir diese vor unserem kleinen Exkurs in die Bar längst besprochen hatten, muss mein Vater nicht wissen.

Mein Vater nickt scheinbar zufrieden, dennoch sehe ich an seinem skeptischen Blick, dass er mir kein Wort glaubt. Ein enttäuschter Stich schießt durch meinen Bauch, aber ich setze mich neben meine Mutter, ohne mir etwas anmerken zu lassen. Tja, ich bin halt nicht Johannes. Dessen Aussage hätte er nie infrage gestellt.

Meine Mutter, eine zierliche Frau mit blondem Haar, gibt mir etwas von dem Hirschbraten auf den Teller und ich beginne zu essen. Die anderen sind bereits fertig und nur am Rande bekomme ich mit, wie Johannes etwas über seine letzte Herzoperation erzählt. Er ist kleiner und auch schmaler als ich und hat die blonden Haare unserer Mutter geerbt. Hätten wir nicht dieselben graublauen Augen, würde uns niemand für Brüder halten. Selbst ich kann das ab und zu kaum glauben. Neben ihm sitzt Katja, seine Angetraute und ebenfalls Ärztin wie er. Finn und Ronja höre ich im Nachbarzimmer krakeelen. Die perfekte Familie, ich könnte echt kotzen!

»Cedric«, wendet sich mein Vater in diesem Moment an mich und reißt mich aus meinen Gedanken. »Ich werde am Montagvormittag in deinem Büro vorbeikommen. Wir haben kurzfristig einen neuen Auftrag erhalten, den ich gern mit dir besprechen würde.«

»Natürlich. Worum geht es?«

»Die *Nero Investment Group* sucht eine neue Agentur für eine internationale Werbekampagne. Ich habe gestern mit deren Marketingleiter telefoniert. Er will mir die Details am Montag schicken.«

Der Name der Firma sagt mir rein gar nichts, dennoch bin ich mir sicher, dass es sich um einen großen Auftrag handelt – sonst hätte mein Vater ihn nicht beim Familienessen erwähnt.

»Ich möchte, dass du das übernimmst«, ergänzt er nach kurzem Zögern.

Meine Brust schwillt an und ich freue mich ehrlich, dass er mir die Verantwortung für diesen Auftrag übergibt. Auch wenn ich es merkwürdig finde, dass der Auftrag über meinen Vater hereingekommen ist und nicht wie sonst üblich über eine Ausschreibung. Aber ich will nicht ausschließen, dass ich in Brunners Unterlagen etwas übersehen habe, daher erwähne ich meine Bedenken nicht.

»Aber sicher! Ich werde dich nicht enttäuschen«, antworte ich stattdessen nachdrücklich.

Sogar meine Mutter sieht entzückt aus und in ihren Augen funkelt der Stolz. Johannes hingegen wirkt skeptisch. Es ist der erste große Auftrag, den mir mein Vater übergibt, seit … ja, seit ich die Umsetzung des Werbe-konzeptes für das Bildungsministerium vor vier Jahren gründlich in den Sand gesetzt habe. Aber damals hatte ich einfach eine ganz beschissene Zeit! Vanessa hatte mich gerade verlassen - und, fuck, mich verlässt man nicht! Max war der Meinung, dass man der Frauenwelt nur so die gerechte Strafe zukommen lassen könnte, indem man einfach wahllos herumvögelt und sich re-gelmäßig das Hirn wegschießt. Ich schwebte in einer Wolke aus Koks, Alkohol und Tussis dahin und ja, ich habe es so richtig vergeigt. Seitdem hat mich mein Vater an der kurzen Leine gehalten und mir nur noch Aufträ-ge zugeteilt, bei denen es finanziell kein Fiasko gewesen wäre, wenn ich sie nicht zur vollsten Zufriedenheit er-füllt hätte.

»Ich verlasse mich auf dich!«, unterstreicht mein Va-ter meine Gedanken, die mich hart schlucken lassen.

Ich will es ihm beweisen.

Und damit gibt er mir die Chance.

Du willst kämpfen?
Ich bin bereit!

Zoe

Sonntag, 3. Dezember

Die Kälte prickelt auf meinen Wangen. Der süße Duft von Glühwein und gebrannten Mandeln liegt in der Luft und augenblicklich überkommt mich ein wohlig warmes Gefühl. Ich liebe die Adventszeit! Die Lichter, die leckeren Plätzchen, die Weihnachtsfeiern, die Geschenke. Und ja, auch das Gefühl, dass die Welt doch nicht so schlecht ist, wie man manchmal den Anschein bekommen könnte.

»Willst du noch einen?«, brüllt Tina über die wartenden Menschen zu mir herüber und fuchtelt wild in Richtung Glühweinstand.

»Ja, klar, warum nicht!«

Es ist Sonntagnachmittag und Tina und ich gönnen uns unseren ersten – na gut, dritten – Glühwein auf dem Weihnachtsmarkt. Aber nach diesem desaströsen Freitag, der mir den ganzen Samstag eine emotionale Achterbahnfahrt beschert hat, hilft heute nur noch eins:

Tina und ihre pragmatische Einstellung zu Männern (»Männer sind simpel. Spiele mit ihnen, aber lass sie um Himmels willen nicht zu nahe an dich heran. Und verliebe dich auf gar keinen Fall, das gibt nur Ärger!«). Außerdem ist bald Weihnachten und es gäbe noch kein Problem auf der Welt, das drei Tassen Glühwein nicht gelöst hätten. Außer vielleicht Cedrik Baumann, wie mir meine nervige innere Stimme in diesem Moment zuflüstert.

Fünf Minuten später ist Tina mit zwei dampfenden Tassen zurück an unserem Stehtisch und drückt mir eine davon in die Hand. Die Wärme des Getränks beißt in meine nackten Finger, daher stelle ich es zum Abkühlen auf den Tisch.

»Also, zurück zum Thema«, kommt Tina auf mein eigentliches Anliegen zu sprechen und pustet sich eine Strähne ihres kurzen schwarzen Haares aus dem Gesicht. Ich kenne Tina, seit ich bei *Baumann Kommunikation* angefangen habe, und innerhalb kürzester Zeit wurden wir unzertrennlich.

»Du willst mir also erzählen, dass der Kerl, in den du die ganze Schulzeit verschossen warst, unser neuer Chef ist?« Tina war am Freitag nicht im Büro, da es ihr nach Donnerstagabend noch schlechter ging als mir. Und sie hat somit Cedriks fulminanten Auftritt verpasst.

»Ja«, gebe ich konsterniert zurück. Ich habe die ganze Nacht von Freitag auf Samstag gehofft, dass es nur ein böser Traum war und ich glücklich und Cedrik-los am nächsten Morgen aufwache – was leider nicht so war.

»Und du sagst, er ist ein Riesenarschloch?« Sie bläst über ihren Glühwein und nippt vorsichtig daran.

Ich nicke heftig und sofort muss ich an Freitag zurückdenken. Nachdem ich ihm meinen Kaffeebecher übergekippt hatte, bin ich zu meinem Arbeitsplatz. Nur um fünf Minuten später einem äußerst amüsierten Cedrik gegenüberzustehen, der mit schierer Begeisterung festgestellt hat, dass ausgerechnet ich seine neue Assistentin bin. Den Rest des Tages habe ich ihm ein neues Hemd besorgt, seine Termine koordiniert, drei Mal Kaffee gekocht, weil er entweder nicht stark genug, zu kalt oder mit zu viel Milch war, ein Mittagessen vom Steakhouse organisiert und anschließend ernsthaft recherchiert, welche Squashschläger die beste Dynamik haben. Dass ich einen Abschluss in Medienkommunikation habe und nicht, ich betone - NICHT - dafür eingestellt wurde, herauszufinden, welche Schläger gerade am Markt sind, hat er anscheinend nicht begriffen. Gegen fünf war ich so weit, ihm seinen verdammten Kaffee erneut überzukippen, aber da hat der werte Herr entschieden, dass es Zeit für den Feierabend sei. Zumindest hat er das Büro verlassen, wohin war mir herzlich egal. Hauptsache weg!

»Ja. Er ist besserwisserisch, überheblich, selbstgefällig, hat null Achtung vor dem, was ich arbeite und zur Hölle … er hat mich den ganzen Freitag *Zora* genannt!« Mein Herzschlag hat sich merklich beschleunigt und vor lauter Aufregung zittert meine Unterlippe.

»Ist er Single?« Tina trinkt einen Schluck und wirft mir einen neugierigen Blick zu.

»Was? Keine Ahnung! Aber darum geht es auch überhaupt nicht.«

»Klingt, als wäre er echt heiß!« Ihre grünen Augen bekommen einen verdächtigen Glanz, der mich an ein Raubtier erinnert, das eine Spur gewittert hat. Oh, bitte nicht!

»Mmh, ja. Also er ist zumindest nicht hässlich.« Ok, wem will ich hier etwas vormachen? Cedrik ist unverschämt heiß. Vor allem, wenn sich in seine graublauen Augen dieses schelmische Funkeln schleicht und sich seine Mundwinkel zu einem Lächeln verziehen. Dann bekommt er süße Grübchen und … Scheiße, verdammt!

Ein herzliches Lachen unterbricht meine wirren Gedanken, die ich eindeutig dem Glühwein zuschiebe. Tina stellt ihre Tasse ab und legt den Arm um mich. »Oh, Süße! Du kannst jederzeit gerne zu mir kommen, wenn dir wieder der Kragen platzt. Oder du reden willst. Aus welchem Grund auch immer.« Sie zwinkert mir zu. Wie meint sie das denn jetzt?

Ich antworte mit einem entrüsteten Schnauben. Es wird eindeutig Zeit, dass wir das Cedrik-Gespräch beenden.

»Gibt es etwas Neues von deiner Nachbarwohnung? Ich muss dringend bei meinen Eltern raus!«, frage ich daher und lenke unsere Unterhaltung in eine andere Richtung.

Tina nimmt ihren Arm von mir und trinkt stattdessen noch einen Schluck aus ihrer Tasse. »Nein, leider nicht. Wir haben aber morgen Abend Eigentümerversammlung, da frage ich noch einmal nach.«

»Das wäre lieb, danke!«

Es sind jetzt sechs Wochen und vier Tage, dass mich Oliver aus unserer gemeinsamen Wohnung geworfen hat. Sechs lange Wochen, in denen ich keinen einzigen Tag nicht an ihn gedacht habe. Meine anfängliche Wut ist einer verzweifelten Trauer gewichen und in ganz schwachen Momenten denke ich sogar darüber nach, noch einmal mit ihm zu sprechen. Ja, er hat mich betrogen. Und aus der Wohnung geworfen. Aber immerhin waren wir sechs Jahre zusammen. Das wirft man doch nicht einfach weg, oder?

Stopp! Halt! Rückfall! Ich muss mein Leben in den Griff bekommen, ohne Männer! Und da ist eine eigene Wohnung sicherlich ein guter Anfang.

Beherzt greife ich nach meiner Tasse und nehme einen Schluck des süßen Getränks. Der Glühwein kitzelt in meiner Kehle, während sich die Wärme angenehm in meinem Bauch verteilt. Entspannt lasse ich den Blick über die vorbeiströmenden Menschen schweifen und überrascht zucke ich zusammen. Denn wen entdecke ich zwischen all den in Mützen und Schals verpackten Leuten? Cedrik! Neben ihm eine blonde, junge Frau, die sich auffällig eng an seine Seite schmiegt. Gerade öffne ich meinen Mund und will Tina auf ihn hinweisen, als er mich entdeckt. Er kneift die Augen zusammen, grinst und zwinkert mir zu. Ich bin immer noch in Schockstarre, doch sofort packt mich eine unbestimmte Unruhe und ein Kribbeln breitet sich in Windeseile in meinem ganzen Körper aus. Ohne nachzudenken, hebe ich meine Tasse und grüße zurück. Er lacht, sagt etwas zu seiner blonden Begleitung und beachtet mich nicht weiter.

»Ist da irgendwer, den du kennst?«, fragt Tina und reckt suchend ihren Kopf.

»Nur ein Nachbar meiner Eltern«, antworte ich etwas verspätet. Cedrik ist weg und ich will nicht mehr über ihn sprechen. Und nicht darüber nachdenken, warum allein ein Blick von ihm ausreicht, um ein aufgeregtes Kribbeln in mir auszulösen. Das kommt nur vom Glühwein. Ganz sicher!

»Lass uns aufbrechen, langsam wird mir kalt.« Ich stelle meine halbleere Tasse auf den Tisch und schiebe meine Hände stattdessen in die warmen Manteltaschen. »Ich will nochmal bei den anderen Ständen vorbeischauen.«

Tina stimmt mir zu und gemeinsam gehen wir weiter. Lassen den Glühwein hinter uns, der mich heute mehr verwirrt hat, als Klarheit zu schaffen. Kurze Zeit später verabschiede ich Tina und sitze in der Bahn auf dem Weg zu meinen Eltern. Gelangweilt schreibe eine Nachricht an meine Mutter, dass ich zum Abendessen da bin, checke Facebook, als plötzlich eine neue Nachricht eintrifft. Unbekannte Nummer.

Meeting morgen früh um 6 Uhr. Trink nicht zu viel! Nicht, dass du wieder so scheiße aussiehst wie am Freitag. Cedrik

Was?

Ich lese sie noch einmal. Und noch einmal. Dann lasse ich das Handy in meinen Schoß sinken, nur um es nach zwei Sekunden wieder hochzureißen und die Nachricht noch einmal zu lesen. Und dann breitet sich ein völlig anderes Gefühl in mir aus, das nicht mehr das geringste mit einem aufgeregten Kribbeln zu tun hat.

Ich bin wütend!

Stinkwütend!

Was fällt dem Arsch eigentlich ein? Und woher zur Hölle hat er meine Nummer?

Zornig balle ich meine Hände zu Fäusten und beiße so fest die Zähne zusammen, dass es knirscht. Ok, wenn er sich auf dieses Niveau herablassen will, meinetwegen. Er will kämpfen? Dann wird er mich kennenlernen!

Unterschätze niemals eine Frau!

Cedrik

Montag, 4. Dezember

»In drei Wochen ist es wieder so weit! Und um uns alle auf die Weihnachtszeit einzustimmen, spiele ich euch jetzt ... «

6:15 Uhr. Fuck!

Energisch schlage ich auf den dudelnden Radiowecker und würge die ersten Klänge von *Wham! - Last Christmas* geräuschvoll ab. Ich hasse Weihnachten! Diese gefühlsduselige Zeit, in der jeder meint, besonders liebevoll und herzlich sein zu müssen, und in der doch alle nur dauergestresst sind. Drei Wochen voll nerviger Weihnachtsessen, Geschenkemarathons und Nikoläuse, die für gewöhnlich immer in einem desaströsen Heiligen Abend gipfeln, an dem ich zu spät komme, zu früh gehe und grundsätzlich die falschen oder gar keine Geschenke habe. Mein Vater macht jedes Jahr aufs Neue deutlich, auf wen er stolz ist, und wer in seinen Augen mehr leisten muss, während sich meine Mutter schützend vor mich wirft. Und ich bin jedes Jahr einfach nur froh, wenn diese verdammte Zeit wieder rum ist. Ätzend!

Schlecht gelaunt steige ich aus meinem Bett und verschwinde im Bad, um in Rekordzeit zu duschen, mich anzuziehen, einen Kaffee zu trinken und in meinen schwarzen BMW zu springen. Während AC/DC aus dem Autoradio dröhnt, fällt mir die Nachricht an Zoe wieder ein. Augenblicklich bessert sich meine Laune und ich greife schmunzelnd nach meinem Handy. Immer noch nichts. Mmh.

Natürlich habe ich Zoe wiedererkannt. Und es überrascht mich nicht, dass auch sie sofort wusste, wer ich bin. Hey, immerhin haben wir neun Schuljahre zusammen in einer Klasse verbracht. Neun Jahre, in denen sie mich angehimmelt hat, als wäre ich der Star ihrer persönlichen Bravo-Foto-Lovestory, und ich jede Gelegenheit nutzte, sie zu foppen. Aber, sie bot auch einfach so viele Möglichkeiten mit ihren alternativen Klamotten, dem knallroten Kraushaar und dem immer irgendwie merkwürdigen Verhalten. Zoe war anders als wir, gehörte nicht richtig dazu. Und da ich jemand war, nach dessen Pfeife alle tanzten, war sie ein willkommenes Opfer. Selbstverständlich wusste ich, dass sie auf mich stand. Nur deshalb hat sie mich trotz meiner Streiche die Hausaufgaben abschreiben lassen oder mir ihre Referate in letzter Minute abgetreten. Und für einen tiefen Blick hat sie sogar Zigaretten vom Kiosk gegenüber besorgt, obwohl das Verlassen des Schulgeländes strengstens verboten war. Ich habe es damals schon ausgenutzt, dass sie in mich verknallt war, und irgendetwas sagt mir, dass es heute nicht anders ist. Wer also wäre ich, wenn ich mir Zoes Gefühle nicht zu Nutzen mache?

Schadenfreude packt mich und gleichzeitig nistet sich eine Idee in meinem Kopf ein. Zoe ist nie und nimmer pünktlich im Büro, daher bleibt mir Zeit einen weiteren kleinen Streich vorzubereiten. Denn welcher normale Mensch hat denn bitte Montagsmorgens um sechs Uhr ein Meeting?

Zügig biege ich in die Tiefgarage unter unserem Bürogebäude ein, öffne das Schiebetor mithilfe einer Chipkarte und springe aus dem Wagen. Ob sie durchdreht, wenn ich ihren Bürostuhl mit Wasser tränke, damit sie einen nassen Hintern bekommt? Oder doch besser die Nummer mit den vertauschten Steckern? Aber als ich aus dem Fahrstuhl trete, blenden mich die Lichter des hell erleuchteten Flurs, und wenn mich nicht alles täuscht, riecht es sogar nach Kaffee.

»Guten Morgen«, flötet mir Zoe entgegen, als ich an ihrem Schreibtisch vorbeikomme.

What the fuck …?

Überrascht reiße ich die Augen auf. Ich träume noch, eindeutig! Zoe hat ihre roten Haare zu einem strengen Knoten gesteckt und trägt ein dunkelblaues Kostüm mit Bleistiftrock und High Heels. Ein Outfit, das ihre weiblichen Kurven auf eine äußerst reizvolle Art perfekt betont.

»Guten Morgen«, bringe ich etwa verspätet heraus und hätte mir am liebsten gegen die Stirn gehauen, damit mein Blut zurück in mein Gehirn wandert. Denn was mein Schwanz augenblicklich registriert: Zoe sieht heiß aus! Scheiße, ist das dieselbe Person, die ich gestern auf dem Weihnachtsmarkt gesehen habe? Dieselbe Rote Zora aus meiner Schulzeit?

Ihr Blick verändert sich, während ich sie immer noch wie der letzte Trottel anstarre. Aus ihren unglaublich grünen Augen blitzt mir jetzt ein zufriedenes Funkeln entgegen.

»Ich habe den Termin mit Herrn Baumann auf neun Uhr verlegt, da du dich verspätet hast. Außerdem habe ich mir erlaubt, deine E-Mails zu checken und zu sortieren. Die geforderte Übersicht zu den letzten Social Media Analysen der *Nero Investment Group* samt einer Zusammenfassung liegen auf deinem Schreibtisch, Frau Dicks kommt wegen der Zahlen gegen acht und dein neuer Computer ist bereits eingebaut. Zudem habe ich Kaffee gekocht und dir eine Tasse auf deinen Tisch gestellt. Heiß und mit einem Schuss Milch, wie du ihn am liebsten trinkst.«

Hätte mich allein ihr Aufzug nicht stutzig gemacht, spätestens jetzt wäre ich skeptisch. Denn Zoe strahlt mich immer noch an, als warte sie nur darauf, eine weitere Anweisung erfüllen zu dürfen. Doch eines hat mich meine Erfahrung mit Frauen gelehrt: Glaube niemals, dass sie dir einfach so aus der Hand fressen. Hier stinkt etwas zum Himmel!

»Ist alles in Ordnung?« Mein Misstrauen ist geweckt.

»Aber natürlich! Warum auch nicht?« Weil du vermutlich schon über eine Stunde hier bist und mich am liebsten umbringen würdest, beantworte ich ihre rhetorische Frage. Sage jedoch etwas völlig anderes. So leicht lasse auch ich mich nicht aus dem Konzept bringen.

»Nur so. Dann sag Bescheid, wenn sich mein Vater ankündigt.«

In ihrem Gesicht zuckt etwas auf und kurz meine ich, Überraschung wahrzunehmen. Aber bevor ich mich weiter damit befasse, lasse ich sie stehen und schließe die Bürotür hinter mir. Ich habe zu tun, bevor mein Vater hier auftaucht.

Zwei Stunden später klopft Zoe an meine Tür und streckt ihren Kopf herein. »Herr Baumann ist hier.«

Ich reiße meinen Blick von den Analysen auf dem Bildschirm los und erhebe mich. Von all den Zahlen schwirrt mir ein wenig der Kopf, und mir ist flau im Magen, aber zumindest fühle ich mich jetzt angemessen vorbereitet.

»Danke, Zoe. Lass ihn doch bitte herein.«

Eine Sekunde später betritt mein Vater mein Büro, nickt mir zu und greift sich unaufgefordert einen Stuhl am Besprechungstisch. Kein Lächeln, kein Hallo. Er trägt einen dunklen, maßgeschneiderten Anzug, die blonden Haare ordentlich frisiert, in der Hand eine Tasche. Dennoch bemerke ich den gestressten Ausdruck in seinem Gesicht, den leicht verkniffenen Mund und den etwas zu hektischen Griff nach einem Stuhl.

»Lass uns direkt beginnen, wir haben keine Zeit zu verlieren«, eröffnet er das Gespräch, bevor ich überhaupt etwas sagen kann.

»Dir auch einen guten Morgen, Vater.« Betont gelassen nehme ich ebenfalls am Besprechungstisch Platz, bevor ich einen Blick zu Zoe werfe. »Kannst du uns bitte noch zwei Kaffee bringen?«

Sie lächelt unterwürfig. »Natürlich.«

»Ich habe gestern bereits mit dem Marketingleiter der *Nero Investment Group* telefoniert«, setzt mein Vater fort, sobald Zoe die Tür hinter sich geschlossen hat. »Wir müssen am Freitag bereits ein erstes Konzept vorstellen.«

Ich schweige und versuche, mir nichts anmerken zu lassen. Aber ein Muskel an meiner rechten Wange zuckt verdächtig, weil ich meine ganze Selbstbeherrschung aufwenden muss, um meinem Vater nicht ins Gesicht zu brüllen. Denn zwei Sachen ärgern mich maßlos.

Erstens: Eigentlich hätte ich mit der *Nero Investment Group* telefonieren müssen, spätestens nachdem er mir die Verantwortung übertragen hat. Immerhin bin ich hier der Chef und werde den Auftrag ausführen. Dass er mir mit dem Telefonat vorgegriffen hat, zeigt mir wieder einmal, dass er mir immer noch nicht hundertprozentig vertraut.

Und zweitens: Freitag? Ist der wahnsinnig geworden? Das sind nur vier beschissene Tage?

»Ist das ein Problem?« Mein Vater hebt fragend eine Augenbraue.

»Nein, natürlich nicht. Du kennst mich doch, ich liebe Herausforderungen.« Sein spöttischer Blick sagt mir, dass er genau weiß, wie viel Schiss ich habe. Dennoch stachelt er damit meinen Ehrgeiz weiter an. Ich werde es ihm zeigen. Ein für alle Mal.

»Ich verlasse mich auf dich, Cedrik.«

Ich nicke nur, weil sich mein Magen in diesem Moment schmerzhaft verkrampft und eine Welle der Übelkeit meine Speiseröhre hinaufschickt. Verdammt, was ist denn jetzt los? Ich habe gestern nichts getrunken, das einen ausgewachsenen Kater rechtfertigen würde.

Die Bürotür öffnet sich und Zoe kommt mit zwei Tassen Kaffees herein.

»Möchten Sie Milch und Zucker«, fragt sie meinen Vater höflich, der sie in diesem Moment das erste Mal bewusst wahrnimmt. Zumindest mustert er sie von oben bis unten. Mich überrascht nicht, dass mein Vater sie nicht erkannt hat. Das Fußvolk hat ihn noch nie interessiert.

»Ja, danke!«

Mein Magen krampft erneut und instinktiv lege ich eine Hand auf meinen Bauch. Dann schlucke ich, und schlucke, während meine Speiseröhre zu brennen beginnt. Übelkeit kriecht in jede Ritze meines Körpers und schwarze Flecken schleichen sich in mein Sichtfeld.

»Entschuldige mich einen Moment, Vater!«, presse ich zwischen zusammengebissenen Zähnen hervor und springe auf. Ich werfe Zoe fast um, als ich an ihr vorbeistürme, direkt auf die Toilette, wo ich mich dermaßen heftig erbreche, dass ich nur noch Sternchen sehe. Als mein Magen endgültig leer ist, fühle ich mich endlich besser. Scheiße, so schlecht ging es mir nicht einmal letztes Silvester und das war richtig übel!

Ich bin kalkweiß und meine Hand zittert leicht, als ich mir etwas kaltes Wasser ins Gesicht spritze. Die Pizza gestern Abend kann es nicht gewesen sein, aber was dann? Habe ich mir irgendetwas eingefangen? Ich muss meine Mutter anrufen, sie soll sicherheitshalber eine Hühnerbrühe kochen.

Mit weichen Knien gehe ich zurück in mein Büro, wo mein Vater hoffentlich noch auf mich wartet. Das war ja ein großartiger Eindruck, den ich hinterlassen habe.

Zoe sitzt auf ihrem Platz, schaut konzentriert auf ihren Bildschirm und tippt gleichzeitig auf ihrer Tastatur herum. Sie wirft mir einen fragenden Blick zu, aber ich schüttle schnell den Kopf. Ich brauche jetzt keine Mitleidsbekundungen von ihr, ich fühle mich auch so schon scheiße genug.

Ich habe den Türgriff zu meinem Büro schon in der Hand, als mein Blick noch einmal auf Zoe fällt. Ihr zuvorkommendes Verhalten heute Morgen nehme ich ihr nicht ab. Dafür habe ich sie am Freitag zu herablassend behandelt und auch meine Nachricht gestern war alles andere als nett. Warum also tut sie heute so, als wäre ich ihr absoluter Traumchef? Als wäre nie etwas zwischen uns vorgefallen?

Mein Blick wandert über sie hinweg, über ihren Schreibtisch und wird plötzlich von dem Mülleimer neben ihren Beinen magisch angezogen. Zwischen zerrissenen Ausdrucken und alten Briefen ragt die Spitze einer Milchtüte hervor.

Mit einem Satz bin ich bei ihr, reiße die Tüte aus dem Mülleimer und halte sie ihr ungläubig vor die Nase.

»Kannst du mir mal verraten, was das ist?«

»Milch?« Sie lächelt mich unschuldig an, aber ihre Mundwinkel zucken verdächtigen. Sie weiß genau, worauf ich hinauswill. Oh, diese verdammte Schlampe! Ich werde ihr die Hölle heiß machen!

»Das ist Sojamilch!«

»Ja. Die vertrage ich einfach besser als Kuhmilch«, entgegnet sie ungerührt.

Ich muss mich sehr beherrschen, dass ich sie nicht anschreie. Aber im Büro nebenan sitzt immer noch mein Vater und wartet auf mich.

»Hast du mir die heute Morgen in meinen Kaffee getan? Obwohl du sehr genau weißt, dass ich gegen Soja allergisch bin?«

Ich hatte auf der Klassenfahrt in der 10. Klasse einen anaphylaktischen Schock, nachdem dieses dämliche Öko-Landheim veganen Pudding serviert hat. Ich wurde mit dem Krankenwagen abgeholt und lag fünf lange Tage im Krankenhaus, bis meine Mutter zu hundert Prozent sicher war, dass ich mich erholt hatte. Und zur

Hölle, dieses rothaarige Biest vor mir, kann das nicht vergessen haben.

»Das würde ich doch nie tun.« Schockiert legt sich Zoe ihre Hand auf die Brust. Allerdings grinst sie mich dabei so breit an, dass sie noch nicht einmal versucht, ihre Lüge zu vertuschen.

»Das wirst du bereuen! Ich werde dich leiden lassen, jeden einzelnen Tag«, zische ich sie wütend an, aber sie lacht nur.

»Das habe ich die ganze Schulzeit hindurch, Cedrik! Jetzt bin ich dran!«

Kaninchen und Wölfe

Zoe

Dienstag, 5. Dezember

Tina: Du hattest recht, er ist ein Riesenarsch!

Über den Tisch hinweg sehe ich zu Tina und rolle mit den Augen.

Zoe: Habe ich dir ja gleich gesagt!

Unauffällig fliegen meine Finger über die Tastatur.

Tina: Und du bist sicher, dass er der Sohn vom Oberboss ist?

Diesen Schock habe ich immer noch nicht verdaut. Ja klar, ich wusste, dass Cedriks Familie Geld hat. Und dass die Agentur, in der ich seit drei Jahren arbeite, *Baumann Kommunikation* heißt. Aber wer kann denn ahnen, dass ausgerechnet Cedriks Familie DER Baumann-Clan ist? Es gibt über 23.000 Baumanns in ganz Deutschland, so viel Pech kann man doch gar nicht haben.

Zoe: Leider ja. Cedrik hat es mir gestern gesagt.

Tina: Mist, dann können wir noch nicht einmal gegen ihn rebellieren.

Ich schicke Tina einen wütenden Smiley als Antwort und schließe den Messenger. Nicht dass Cedrik, sollte er zufällig einen Blick auf meinen Bildschirm werfen, noch sieht, dass wir über ihn schreiben.

Es ist Dienstagmittag und wir sitzen seit sechs Stunden in einem Meetingraum fest. Es riecht mittlerweile intensiv nach Schweiß und überreizten Nerven. Ich musste schon dreimal Kaffee und Schokolade erneuern, eine Kollegin hat heulend den Raum verlassen und die Stimmung ist kurz vom endgültigen Kollaps. Cedrik geht wie ein ausgehungerter Tiger vor dem Tisch auf und ab, während er verzweifelt versucht, aus den vier Personen um mich herum irgendeine kreative Idee für ein Marketingkonzept für die *Nero Investment Group* zu quetschen. Ausgerechnet für die Firma, bei der ich mich erst vor wenigen Monaten beworben habe. Noch so ein Zufall, der eigentlich keiner sein kann. Vielleicht sollte ich doch anfangen, an das Schicksal zu glauben.

»Ihr habt euch gestern den ganzen Tag mit der *Nero Investment Group* auseinandergesetzt und alles, was ihr mir vorschlagt, ist ein lila Maskottchen?« Cedrik fährt sich aufgebracht durch die Haare und zerstört endgültig das, was von seiner gewollt lässigen Frisur noch übrig ist. Jetzt sehen seine Haare genauso aus, wie wir uns alle fühlen – im Arsch!

»Das kann nicht euer verdammter Ernst sein! Keiner verlässt den Raum, bis wir nicht einen halbwegs brauchbaren Ansatz haben!« Es fehlt nicht viel, und er brüllt. Dennoch kann man seine Wut deutlich aus seinen Worten hören und tatsächlich kann ich ihn verstehen. Denn was Tim und Nicole bisher präsentiert haben, langt bestens Falls für die örtliche Frittenbude, aber ganz sicher nicht für einen international tätigen Finanzdienstleister.

Tina: Hast du das schon gesehen? Nette Frisur ;-)

Gespannt öffne ich den Link, den sie mir eine Sekunde später schickt. Ach du Scheiße! Schockiert unterdrücke ich ein empörtes Keuchen. Der Link führt zu meinem Profil in unserer internen Datenbank, das jetzt ein neues Bild von mir ziert. Ich, mit vermutlich zwölf Jahren, zwei rote Zöpfe, Sommersprossen, Zahnspange. Ich sehe aus wie Pippi Langstrumpf! So ein Arsch! Meine Augen fliegen zu Cedric. Da steckt eindeutig er dahinter. Vermutlich hat er das Bild aus einer unserer Klassenzeitungen kopiert und heute Morgen – wie auch immer – in meinem Profil aktualisiert.

»Wie wäre es mit etwas Überirdischem? Vielleicht der Weltraum als Aufhänger, dass es mit der Group keine Grenzen mehr gibt?« Nicole, kurze braune Haare und ein paar sehr sympathische Kilo zu viel auf den Rippen, beginnt wie wild auf die Tasten ihres Laptops zu hauen. »Ein Stern als Leitmotiv, Sternschnuppen … da gibt es unendlich viele Möglichkeiten. Unendlich … lasst und doch damit etwas machen …«, sie bricht ab, als sie Cedriks Blick bemerkt. Seine graublauen Augen funkeln auf sie nieder, als ob gleich ein Sturm losbrechen würde. Seine Arme sind angespannt und die harten Muskeln treten deutlich unter seiner gebräunten Haut hervor. Da er im Laufe der Diskussion sein Jackett ausgezogen und seine Hemdärmel hochgekrempelten hat, erkenne ich jede einzelne Sehne. Mmh, so muskulös war Oliver nicht.

»Nein.« Seine Stimme ist so leise wie eine fallende Schneeflocke und doch so schneidend klar, dass in Windeseile eine Gänsehaut über meinen gesamten Körper rennt. Obwohl mich Cedrik mit seiner Abfuhr überhaupt nicht meint, muss ich dennoch hart schlucken.

Nicole sinkt auf ihrem Stuhl zusammen, und die ganze Euphorie, die noch vor Sekunden im Raum flackerte, verpufft im Nichts.

»Hast du es notiert, Zora?«, bellt er laut durch den Meetingraum, dass selbst Tim den Kopf einzieht. Und das will schon etwas heißen, Tim ist immerhin ein Meter neunzig und nebenberuflicher Hobby-Wrestler.

Kurz zucke ich aufgrund des Namens zusammen, bevor ich Cedrik missbilligend an lächle. »Natürlich, Chef.« Das »Chef« kann ich mir nicht verkneifen, auch wenn mir sonnenklar ist, dass ich ihn damit provoziere. Schnell wende ich mich meinem Laptop zu und notiere ein paar Zeilen, als erneut mein Messenger aufpoppt.

Tina: Er ist fucking hot!

Zoe: Mmh, die Armmuskeln sind echt nicht schlecht.

Tina: Garantiert hat er ein Sixpack.

Zoe: Willst du es herausfinden?

»Ok, nochmal auf Anfang.« Cedrik bleibt stehen und rauft sich erneut die Haare. Ein ganz kleines Bisschen tut er mir ja schon leid. Erst die Soja-Vergiftung, die ihn gestern mehrfach auf die Toilette gezwungen hat, dann dieser Auftrag, der so gar nicht laufen will. Aber dann erinnere ich mich wieder an meinen Spitznamen, den er konsequent verwendet, sein überhebliches Herumkommandieren und mein neues Profilfoto im Intranet.

Tina: Wenn er nicht mein Chef wäre, warum nicht? Der erteilt bestimmt auch im Bett Befehle ;-)

Hitze überzieht meine Wangen und ohne, dass ich es will, sehe ich Cedrik nackt vor mir. Harte Bauchmuskeln, breite Schultern, dieser intensive Blick aus seinen Sturmaugen. Ein heißes Kribbeln breitet sich in meinem Bauch aus, das geradewegs zwischen meine Beine fährt.

»Zora!« Cedriks Stimme ertönt nah an meinem Ohr. Zu nah, um genau zu sein, denn er steht direkt hinter mir, den Kopf über meine Schulter gebeugt. Verflucht, habe ich etwas verpasst?

»In mein Büro! Sofort!« Er fährt zurück, gibt mir die Möglichkeit wieder zu atmen, nachdem meine Lunge vor lauter Überraschung kurz im Schockzustand war. »Wir machen eine halbe Stunde Pause, danach geht es weiter. Frische Luft wird uns alle etwas … abkühlen.«

Sobald ich aufgestanden bin, drückt sich eine Hand in meinen Rücken und dirigiert mich aus dem Meetingraum in Cedriks Büro. Ich lasse es geschehen, denn meine aufgebrachten Gefühle beschäftigen sich mit zu vielen Dingen gleichzeitig. Da ist diese aufgeregte Angst, was er von Tina und meiner Unterhaltung gelesen hat, die irritierende Frage, was genau er mit mir in seinem Büro will und schließlich die kolossale Verwirrung, warum zur Hölle ich ihn mir nackt vorgestellt habe. Und dann – und dieses Gefühl versuche ich konsequent zu ignorieren – kribbelt seine Berührung in meinem Rücken wie ein aufgeregter Wüstensturm in der Sahara.

Sobald wir in seinem Büro sind, knallt Cedrik die Tür hinter uns zu und baut sich vor mir auf.

»Kannst du mir mal verraten, was das soll? Ist dir nicht klar, wie ernst dieser Auftrag ist? Es geht hier um verdammt viel Geld und nicht darum, wie dominant ich im Bett bin!«

Scheiße, er hat es also gelesen!

Er beugt sich zu mir herunter und unwillkürlich weiche ich zurück, bis ich die Bürotür in meinem Rücken spüre.

»Bist du es denn?«, rutscht es mir heraus, bevor sich mein Verstand endlich wieder einschaltet. Mist! Erst denken, dann reden, Zoe!

Cedrik kommt mir noch näher und stützt sich mit den Händen rechts und links neben meinem Kopf an der Tür ab. Seine Augen spießen mich regelrecht auf und ich starre ihn wie paralysiert an. Unfähig den Blick abzuwenden, wie ein eingekeiltes Kaninchen, das dem bösen Wolf gegenüber steht. Wartend auf den ersten hungrigen Biss.

»Willst du das wirklich wissen?«, knurrt er leise. Sein Atem streift meine Haut und durch meinen Körper schießt ein verlangendes Ziehen. Ich vergesse zu atmen, vergesse, wo wir sind, und starre ihn nur noch an. In seine dunklen Augen, in denen ein Verlangen auflodert, auf das ich so lange gewartet habe. Ob seine Lippen tatsächlich so weich sind, wie ich sie mir immer vorgestellt habe? Nichts wollte ich mehr, als einmal von ihm geküsst zu werden. Sich einmal so zu fühlen wie Frida, Lisa oder Julia, die ständig an seinen Lippen hingen. Mein Blick rutscht zu seinem Mund und da entdecke ich das verdächtige Zucken.

Cedrik spielt mit mir.

Er weiß genau, was er hier tut und was für eine Wirkung er auf mich hat. Wie ein Eimer kaltes Wasser klatscht diese Erkenntnis über meinem Kopf zusammen und katapultiert mich zurück in sein Büro. Erniedrigung, Scham und unbändige Wut schwappen über mich hinweg und mein Verstand wird mit einem Arschtritt aus den rosa Wolken getreten.

Ich richte mich auf, hebe das Kinn. »Menschen!«

Er kneift die Augen zusammen. »Was?«

Energisch drücke ich ihn von mir – scheiße, seine Bauchmuskeln sind genauso hart, wie sie aussehen – und schaffe etwas Abstand zwischen uns.

»Es geht am Ende immer noch um Menschen. Um ihre Ideen, ihre Projekte, ihre Erfolge, die sie mit dem Geld der *Nero Investment Group* erzielen. Das könnte der Aufhänger für die Kampagne sein. Mach die Group und ihre Investitionen greifbar, gib ihr ein Gesicht.«

Cedrik starrt mich an, wie vom Donner gerührt, dann legt er den Kopf schief und überlegt. »Das könnte gehen … das ist gut, wir könnten …«

Ich nutze seine Unaufmerksamkeit und verlasse fluchtartig das Büro. Keine Sekunde hätte ich es länger in seiner Nähe ausgehalten, ohne ihm entweder eine zu scheuern oder mich verzweifelt an ihn zu drängen. Und beides ist keine Option.

Jäger unter sich

Cedrik

Mittwoch, 6. Dezember

Rote Alufolie, ein weißer Bart, schwarze Stiefel. Der Nikolaus erinnert mich an meine Kindheit, an unbeschwerte Abende mit der Familie, an denen es noch nicht darum ging, wer der erfolgreichere Sohn war. Na gut, genau genommen war Johannes schon immer besser in der Schule gewesen als ich, aber das war mir zu diesem Zeitpunkt egal. Damals zählten nur Fußball, Tobi und die Jungs, und die Streiche, die wir den Mädchen spielten. Ausschreibungen, Finanzabschlüsse oder irgendeine beschissene Marketingkampagne lagen noch in weiter Ferne. Was war das Leben doch einfach!

Ohne zu klopfen, wird meine Bürotür aufgerissen. »Hey, Mann, bist du so weit?« Max, über der Schulter eine Sporttasche.

»Gleich.« Ein letzter Blick zu dem Schokoladennikolaus, dann fahre ich meinen Computer herunter. Draußen ist es stockdunkel, dringend Zeit nachhause zu gehen. Oder vielmehr zum Sport, deshalb ist Max hier.

»Von wem ist der denn?« Max lehnt sich an meinen Schreibtisch und greift sich den Nikolaus.

»Keine Ahnung«, gebe ich ehrlich zu. »Ich dachte von dir?«

Anlässlich des Nikolaustages wurden in der Agentur heute anonym Nikoläuse gewichtelt. Und heute Morgen stand einer auf meinem Tisch. Ohne eine Karte oder irgendein Zeichen, wer mir die Schokolade geschenkt hat.

Max lacht herzhaft. »Ich liebe dich, Mann, aber so weit sind wir in unserer Beziehung noch nicht.« Er zwinkert mir anzüglich zu. »Außer du gibst endlich zu, dass du auf mich stehst.«

Ich werfe ihm einen vernichtenden Blick zu. Max sieht mit seinen hellblonden Haaren, den blauen Augen und dem sportlichen Körperbau ohne Frage gut aus. Allerdings stehe ich ausschließlich auf Frauen. »Dafür fehlen dir ein paar entscheidende Argumente.«

Papier raschelt, als Max den Nikolaus auspackt und ohne zu zögern in die Mütze beißt. Gleich darauf hustet er jedoch, würgt, und spuckt die Schokolade in seine Hand.

»Scheiße, was ist das denn? Das brennt ja, wie die Hölle.«

Ah! Jetzt ist mir auch klar, wem ich dieses Präsent zu verdanken habe. Vermutlich dem kleinen Biest vor meiner Bürotür.

»Selbst Schuld, wenn du dich an meinen Sachen vergreifst«, spotte ich, schnappe meine Sporttasche und haue ihm fest auf die Schulter.

Max bedenkt mich mit einem verärgerten Blick, folgt mir jedoch ohne einen Kommentar aus dem Büro.

Zoe sitzt immer noch am Schreibtisch und schaut kurz in unsere Richtung, als wir an ihr vorbeigehen.

»Ich bin weg. Bis Morgen, Zora.« Der Name kommt mir, ohne nachzudenken, über die Lippen.

»Alles klar, Arschloch!«, ertönt die prompte Antwort.

Ich öffne den Mund, um etwas Passendes zu erwidern, allerdings kommt mir mein Kumpel zuvor.

»Guten Abend.« Max macht einen Schritt auf Zoe zu, streckt ihr die Hand hin. »Ich glaube, wir wurden uns noch nie persönlich vorgestellt. Ich bin Max, der beste Kumpel des Arschlochs.«

Sie reicht ihm die Hand, lächelt ihn an. »Ich bin Zoe.«

»Muss hart sein, für ihn zu arbeiten, oder?«, fragt Max und deutet mit dem Daumen auf mich. Hallo, ich stehe neben euch?

»Oh, ja! Aber wenn man ihn täglich mit einer ordentlichen Dosis Lobhudelei pimpert, ist er eigentlich ganz handzahm.« Mit der Hand streicht sie sich eine rote Locke aus dem Gesicht.

»Können wir dann?«, unterbreche ich die beiden, weil mich die Unterhaltung zu nerven beginnt.

Max schaut grinsend zu mir, schnappt sich dann einen Stift von Zoes Schreibtisch und schreibt etwas auf ein Post-it.

»Hier. Sollte er dir mal wieder auf die Nerven gehen, ruf mich an!«

Zum ersten Mal sieht Zoe zu mir. Kurz blitzt Unsicherheit in ihren Augen auf, die sich im Bruchteil einer Sekunde in einen anzüglichen Augenaufschlag in Richtung Max verwandelt.

»Mache ich, dank dir!«

Wut kocht in mir hoch, auf Max, auf Zoe, auf die ganze Situation, die mich einfach nur ankotzt.

»Raus! Sofort!« Ungehalten stürme ich an Max vorbei in Richtung Fahrstuhl. Was war denn das gerade? Was will Max denn ausgerechnet von Zoe? Sie ist weder sonderlich attraktiv, noch besonders anziehend angezogen, noch passt sie auch nur annähernd in Max' Beuteschema. Warum also gräbt er sie schamlos an?

Meine Gefühle fliegen durcheinander, verursachen ein Chaos, das ich nicht verstehe. Hey, es geht hier doch nur um Zoe. Kein wichtiger Auftrag, kein Vater, noch nicht einmal Johannes.

Als mir der erste Ball in der Squashhalle entgegenfliegt, schlage ich ihn so hart, dass er mit voller Wucht zurück an die Wand donnert. Nach nur wenigen Schlägen bin ich klatschnass geschwitzt, meine Muskeln brennen, aber das Chaos jagt immer noch ungefiltert durch meine Adern. Jeder Ball bekommt meine Wut zu spüren, und ich verstehe immer weniger, was mit mir los ist.

»Ist alles ok?« Auch Max hat einen hochroten Kopf und seine blonden Haare kleben feucht an seiner Stirn.

»Klar, warum auch nicht?«

Max hat Zoe seine Nummer gegeben. Mehr nicht. Nur Zoe. Niemand, wegen dem so ein Aufstand gerechtfertigt wäre. Auch wenn ich zugeben muss, dass ich seit gestern das dumpfe Gefühl habe, in ihrer Schuld zu stehen. Sie hat mit ihrer Idee die Kampagne gerettet, sodass ich am Freitag ein ordentliches Konzept präsentieren kann. Und das nagt ein wenig an meinem Ego.

»Weil du wie bekloppt auf die Bälle einschlägst, als ob sie dir irgendetwas getan hätten.«

»Alles ok!«, gebe ich einsilbig zurück. Vielleicht sollte ich auf Max einprügeln, das würde sicher helfen.

»Kennst du Zoe näher?«, fragt Max, während er einen neuen Ball spielt.

»Wir waren zusammen in der Schule.« Max habe ich erst im Studium kennengelernt.

»Geht da was zwischen euch?«

»Nein.« Beinahe muss ich lachen. Das ist absurd. Wieder ein Ball, wieder ein Schlag. Die Idee, Max eine überzuziehen, wird immer attraktiver.

»Hättest du was dagegen, wenn ich …«

Augenblicklich lasse ich meinen Schläger sinken, der gelbe Ball dotzt ungebremst auf den Boden. »Warum sollte ich etwas dagegen haben, wenn du etwas mit Zoe anfängst?«

Auch Max lässt seinen Schläger sinken und mustert mich abschätzend. »Ich wollte nur sichergehen. Du führst dich nämlich seit einer Stunde auf, als hätte ich in deinem Revier gewildert.«

Meine Wut ist augenblicklich wieder da. Aber weniger auf Max, als auf mich. Und ich verstehe sie immer noch nicht, denn, verdammt nochmal, wir sprechen über Zoe. Über die Rote Zora, die mich zugegebenermaßen gestern gerettet hat. Mit der ich aber ansonsten überhaupt nichts zu tun habe und von der ich ganz sicher nichts will. Mir kann es jedoch vollkommen egal sein, mit wem sie ausgeht. Ich sollte nicht wütend sein, oder verwirrt. Ich sollte gar nichts sein, denn sie ist mir egal.

»Nein, Mann, versuch' dein Glück ruhig«, gebe ich schließlich so ruhig wie möglich zurück und mache gedanklich einen Haken hinter das Thema.

»Alles klar.« Max nickt, aber ganz überzeugt wirkt er nicht. Dennoch kommentiert er es nicht weiter, sondern schlägt einen neuen Ball.

Wir spielen noch eine halbe Stunde, bevor wir unser Match beenden. Kurze Zeit später sitzen wir mit Steak und Bier in einer Bar. Max ärgert sich gerade maßlos über irgendeinen Spieler des BVB, während ich ihm nur mit halbem Ohr zuhöre. Stattdessen checke ich mit interessiertem Blick das aktuelle Angebot ab. Mmh, die Schwarzhaarige mit dem kurzen Kleid da vorn ist nicht schlecht. Der sportliche Körperbau verspricht zumindest ein langes Durchhaltevermögen. Kurz blitzt der Gedanke an Zoe wieder auf, meine Wut und meine Verwirrung, und fast muss ich über mich selbst lachen. Mein Verhalten war absolut lächerlich. Ich habe kein Problem damit, wenn Max mit Zoe ausgeht. Es geht mich nichts an. Wir sind unabhängige Menschen, die sich nur zufällig von früher kennen und jetzt miteinander arbeiten. Mehr nicht.

Wahrheiten im Aufzug

Zoe

Donnerstag, 7. Dezember

Der schlimmste Streich, den Cedrik mit jemals spielte, war die Einladung zum Abschlussball. Nicht, dass seine hochwohlgeborene Prinzlichkeit selbst mich eingeladen hätte, nein, dafür war er sich zu schade. Tobi Sandmann fragte mich zwei Wochen vor dem Ball, ob er mich begleiten dürfte. Und naiv und verliebt, wie ich war, habe ich begeistert zugesagt. Ganz in der Annahme, dass Tobi etwas Besonderes in mir sah, dass sicher auch bald sein bester Kumpel Cedrik entdecken würde. Der Abschlussball kam und mit ihm die größte Blamage, die ich in meiner bisherigen Teenagerkarriere durchlebt hatte. Denn entgegen meinen Erwartungen war ich nichts anderes als der Einsatz einer verlorenen Wette. Nach drei Gläsern Punch, den irgendjemand mit Wodka verfeinert hatte, kotzte mir Tobi auf das Kleid, Florian verkündete lautstark, dass die Wette nun bestanden sei, und Cedrik stand am Rand, im Arm Susanne aus der Nachbarklasse, und lachte. Er lachte, bis er sich kaum noch auf den Beinen halten konnte und sie ihn stützen musste.

Von diesem Tag an habe ich ihn gehasst. Und mir geschworen, dass Jungs in meinem Leben nie wieder eine Rolle spielen würden. Dieses Credo habe ich sechs Jahre mehr oder weniger durchgehalten, bis ich Oliver an der Uni kennenlernte. Der Rest ist Geschichte.

Ich weiß nicht genau warum, aber die Erinnerungen an den Abschlussball durchzucken mich, als ich die letzten Meter zum Fahrstuhl hechte. Es ist kurz vor acht Uhr morgens und ich bin spät dran. Die Türen beginnen sich schon zu schließen, als ich zum Sprung ansetze und im letzten Moment meine Hand zwischen die Aufzugstüren schiebe. Gerade noch geschafft!

Erleichtert will ich ausatmen, was in einem genervten Stöhnen endet. Verdammt!

»Guten Morgen«, sage ich stattdessen gepresst und trete bewusst entspannt in den Fahrstuhl. In der Hand einen Kaffeebecher, der den Sprung dank eines Deckels unbeschadet überlebt hat.

Cedrik hebt belustigt eine Augenbraue. »Spät dran, was?

»Nicht später als du.« Ich nippe an meinem Kaffee, drücke die Taste für den siebten Stock und stelle mich ihm gegenüber an die Wand. So weit weg, wie irgendwie möglich, da meine Erinnerungen an den Abschlussball nicht unbedingt dazu beigetragen haben, ihn heute Morgen besonders zu mögen.

Mein Handy vibriert und ich ziehe es aus meiner Jackentasche. Tina, die wissen will, wo ich bleibe. Da ich gleich da bin, antworte ich ihr nicht.

Der Aufzug setzt sich in Bewegung und überrascht stelle ich fest, dass mich Cedrik immer noch mustert. Er hat die Stirn leicht gerunzelt, die Lippen zusammengepresst und wirkt, als würde er über etwas nachdenken. Als er bemerkt, dass ich ihn ebenfalls ansehe, verzieht sich sein Mund zu einem arroganten Grinsen.

»Davon hast du doch immer geträumt, oder? Mit mir einmal allein im Aufzug zu sein.«

Was!?

2. Stock, bald geschafft!

»Äh … nein!«, gebe ich so ironisch wie möglich zurück, obwohl er natürlich verdammt recht hat. Vor fünfzehn Jahren hätte ich vermutlich gemordet, um einmal fünf Minuten mit ihm allein zu sein. Einfach nur zusammen im selben Raum, dieselbe Luft atmen, seinen unwiderstehlichen Duft inhalieren, sein …

»Lügnerin. Ich weiß, dass du in mich verknallt warst.«

4. Stock.

Mein Körper verkrampft sich bis in den kleinen Fußzeh und gleichzeitig schießt alles Blut in meinen Kopf. Scheiße! Die Tatsache, dass wir zusammen im Aufzug fahren, wirft mich selbst jetzt noch aus der Bahn. Warum muss dieser Kerl auch so unfassbar anziehend sein?

»Hattest du heute Morgen Macho zum Frühstück, oder warum fängst du jetzt damit an?«, kontere ich dennoch ablehnend.

Eine Antwort darauf bleibt er mir schuldig, denn in diesem Moment kommt der Aufzug abrupt zum Stehen.

Es quietscht, dann ruckelt es ein wenig, bevor er einen halben Meter nach unten sackt.

Panisch schreie ich auf.

Fuuuuuuuuck!!!!

Die Wucht reißt mir den Kaffee aus der Hand, zwingt mich in die Knie. Im letzten Moment kann ich mich an der Wand abstützen, sonst hätte ich Cedrik zu Füßen gelegen. Mein Herz rast, mein Atem steht kurz vorm Hyperventilieren und kalter Schweiß überzieht augenblicklich meine Haut.

»Fuck, was ist denn jetzt los?«, brüllt Cedrik schockiert.

Wir werden sterben! Ganz sicher. Tod im Fahrstuhl, mit gerade Dreißig Jahren. Mein Atem beschleunigt sich noch einmal, rasselt keuchend aus meiner Kehle. Ich wollte doch noch so viel in meinem Leben erreichen! Heiraten, Kinder, wenigstens ein einziges Mal auf dem Empire State Building stehen. Mit großen Augen starre ich zu Cedrik, der sich ebenso hilflos umsieht, wie ich mich fühle.

Scheiße, scheiße, scheiße!

Mein Blickfeld verengt sich, auf einmal dreht sich alles. »Ich ... ich kann nicht mehr ...« Meine Knie fühlen sich an wie Wackelpudding, können mich nicht mehr halten. Plötzlich sitze ich auf dem Boden, stütze mich mit meinen Händen ab. Übelkeit lässt mich würgen, ich bekomme keine Luft mehr. Ich werde sterben.

»Zoe!«

Warme Hände berühren meine Wangen, zwingen mich, den Kopf zu heben. Graublaue Augen, in denen ein Sturm tobt.

»Zoe!« Cedriks Stimme klingt dumpf, unendlich weit weg. »Wir sind steckengeblieben. Sie holen uns sicher gleich hier raus. Dir wird nichts passieren.«

Ich verstehe seine Worte nicht, sie dringen nicht zu mir durch. Immer noch fühle ich, wie wir fallen, warte auf den Aufschlag.

Plötzlich trifft etwas Hartes meine Wange, reißt meinen Kopf herum. Ich schreie auf. Meine Gedanken wirbeln durcheinander, lichten sich und endlich bemerke ich, dass sich der Aufzug nicht mehr bewegt.

»Au!« Meine Wange brennt wie Feuer. Blinzelnd drehe ich den Kopf wieder zu Cedrik, der immer noch vor mir kniet.

»Sorry, aber das war die einfachste Lösung. Du standest kurz davor, in Ohnmacht zu fallen.« Er zuckt entschuldigend mit den Schultern, dennoch huscht Erleichterung über seine Züge. »Geht es wieder?«

Hart stoße ich die Luft aus. Mein Körper fühlt sich matt an, wie nach einer zu langen Jogginrunde, aber ich kann wieder klar denken. »Ja. Danke!«

Langsam atme ich ein und aus, beruhige mein erhitztes Gemüt. Und rieche männlich herbes Aftershave, mit einem Hauch Regen und Freiheit. Cedrik. Sein Kopf schwebt immer noch Millimeter über meinem, so nahe, dass sich unsere Nasenspitzen beinahe berühren. Mein

Hals wird eng und ein aufgeregter Schauer kribbelt über meine Haut. O. Mein. Gott!

Etwas Dunkles glimmt in Cedriks Sturmaugen auf. Die Luft zwischen uns lädt sich auf und mein Kopf ist mit einem Schlag wie leergefegt. Nur ein kleines Stück, dann würde ich ihn berühren. Seine Haut auf meiner. Sein Mund auf meinem.

Stopp! Atmen! Reiß dich zusammen, Zoe! Das geht in eine ganz falsche Richtung!

Ruckartig fahre ich zurück, lehne mich mit dem Rücken an die Wand des Fahrstuhls.

Cedrik schaut mich irritiert an. Dann erhebt er sich träge und drückt auf den roten Notfallknopf. Ein Knacken ertönt, aber ansonsten bleibt es still.

»Fuck! Funktioniert denn hier überhaupt nichts mehr?«

Automatisch geht mein Blick nach oben zu der kleinen Deckenlampe, die tapfer weiter brennt. Und so langsam realisiere ich, was tatsächlich passiert ist. Wir stecken mit dem Aufzug irgendwo zwischen dem vierten und fünften Stock fest.

Ein Klingeln dringt an mein Ohr. Mein Handy.

»Geht es dir gut, ist alles ok?« Tinas Stimme schrillt vor lauter Panik.

»Ja, alles ok. Wir stecken im Aufzug fest.«

Ein erleichtertes Ausatmen ist zu hören. »Gott sei Dank! Ich habe mir schon echt Sorgen gemacht!«

»Könnt ihr die Techniker informieren? Der Notfallknopf funktioniert nicht«, frage ich sie, da Cedrik genervt auf den Knopf deutet und hektisch nach oben gestikuliert.

»Haben wir schon. Sie sollten in einer halben Stunde da sein.«

»In einer halben Stunde?« Entgeistert sehe ich zu Cedrik.

Er ist mit einem Schritt bei mir und reißt mir das Handy aus der Hand. »Eine halbe Stunde? Wollt ihr mich verarschen?«, brüllt er ins Telefon. Ich zucke erschrocken zusammen. Na, das kann ja was werden.

Zwei Stunden später sitzen wir immer noch im Aufzug fest. Cedrik hat fast durchgehend telefoniert, während die Techniker den Fahrstuhl einfach nicht in Gang bringen. Mein Kaffee drückt mittlerweile unangenehm auf meine Blase und meine Angst, wir könnten abstürzen, ist einer nervenden Resignation gewichen. Das Einzige, was mich ablenkt, ist mein Handy und Tina.

Tina: Und, knutscht ihr schon?

Ich schaue zu Cedrik, der wie wild auf seinem Smartphone herumtippt. Er hat seinen Mantel ausgezogen und sitzt an der Wand mir gegenüber. Er wirkt genervt und irgendwie müde. Seine Haare stehen wirr von seinem Kopf ab und bei genauerer Betrachtung entdecke ich dunkle Schatten unter seinen Augen.

Zoe: Wie wild! Das Baby benennen wir dann nach dir ;-)

»Kann ich dich mal etwas fragen?«

Überrascht sehe ich auf. Cedrik hat sein Handy neben sich gelegt und mustert mich nachdenklich.

»Klar. Ich habe gerade nichts Besseres zu tun.«

Seine Mundwinkel zucken belustigt. »Warum genau bist du noch hier?«

Ich kann mir ein Lachen nicht verkneifen. »Weil wir in diesem bescheuerten Fahrstuhl feststecken?«

»Das meine ich nicht. Warum arbeitest du immer noch als Assistentin? Ich habe mir deinen CV angesehen, du könntest eine ganz andere Position haben.«

Ich müsste ihm nicht die Wahrheit sagen. Genau genommen ist Cedrik wirklich die letzte Person auf diesem Planeten, mit dem ich jemals darüber sprechen wollte. Aber wir stecken bereits seit Stunden in diesem Aufzug fest, ich habe Hunger und muss dringend pinkeln, daher purzeln die Worte einfach so aus meinem Mund.

»Wegen Oliver. Meinem ... Ex ... Freund.« Augenblicklich bildet sich ein Kloß in meinem Hals, und das beschissene Gefühl betrogen worden zu sein, schwappt über mich hinweg. »Wir wollten nächstes Jahr heiraten und die Familienplanung starten. Deshalb bin ich hiergeblieben. Weil es sich nicht mehr gelohnt hätte, woanders einen neuen Job anzufangen.« Zur Hölle, bin ich denn von allen guten Geistern verlassen, ausgerechnet Cedrik davon zu erzählen?

Aber entgegen meiner Befürchtung lacht er nicht. Er sieht mich auch nicht mitleidig an, sondern runzelt nur die Stirn, als würde er nicht verstehen, was ich gesagt habe.

»Das passt überhaupt nicht zu dir.«

Das ist alles. Kein Mitleid, keine Frage, warum Oliver mein Ex-Freund ist, nur eine einfache Feststellung. Die jedoch mein ganzes Leben in Frage stellt. Und mich irgendwie beleidigt.

»Ach, und warum nicht?«, frage ich daher schärfer als beabsichtig.

Cedrik fährt sich mit der Hand durch die verstrubbelten Haare und wirkt dadurch nicht nur arrogant, sondern auch richtig selbstgerecht. »Weil du viel zu intelligent und stur bist, um dein Leben einem Mann unterzuordnen«, sagt ausgerechnet der Kerl, der mich mein ganzes Leben lang behandelt hat wie einen Fußabtreter.

»Ich war verdammt glücklich, mit dem, was ich hatte. Mit Oliver und der Hochzeit. Mit der Aussicht auf Kinder.« Dass Cedrik mir gerade ein Kompliment gemacht hat, nehme ich überhaupt nicht wahr. Dafür bin ich plötzlich viel zu wütend. Auf ihn, weil er alte Gefühle aufgewirbelt, aber vor allem auf Oliver, der alles zerstört hat, was wir hatten. Für irgendeine blonde Büroschlampe.

»Aber es hat nicht funktioniert, oder?«

Am liebsten würde ich ihm eine reinhauen, wie er mich so selbstgefällig betrachtet. Als hätte er heute die Weisheit mit dem Löffel gegessen und würde mich und mein Leben tatsächlich kennen.

»Und was tust du hier?«, kontere ich, weil mir meine Intuition sagt, dass ich damit seinen wunden Punkt treffe. »Warum arbeitest du für deinen Vater, ordnest dich ihm unter, anstatt dein eigenes Ding zu machen?«

Zorn flackert in Cedriks Augen auf und einmal mehr erinnern sie mich an einen Herbststurm.

Ein Knacken unterbricht unsere Unterhaltung, lässt uns beide innehalten. Aber es passiert nichts weiter, der Aufzug bewegt sich immer noch nicht.

»Vielleicht solltest du dein eigenes Leben in den Griff bekommen, bevor du meins verurteilst«, sage ich leise, jedoch mit einer ordentlichen Portion Frustration. Denn mir ist trotz meiner Wut durchaus bewusst, dass Cedrik recht hat. Es hat nicht funktioniert, nicht nur, weil Oliver mich betrogen hat. Ich habe mich untergeordnet, habe ihm viel zu viel durchgehen lassen und habe mein ganzes Leben nach ihm ausgerichtet. Was vielleicht nicht nächstes Jahr, aber sicher irgendwann in einem Desaster geendet hätte.

Cedrik schweigt, antwortet mir nicht. Stattdessen greift er nach einer Weile wieder nach seinem Handy und beginnt zu tippen.

Irgendwann knackt es erneut und der Aufzug setzt sich ruckelnd in Bewegung. Als er im siebten Stock ankommt, gleiten die Türen geschmeidig auseinander, als ob nie etwas geschehen wäre. Ein Techniker und Tina warten davor. Der Mann sieht aus, als ob Tina ihn die letzten zwei Stunden so richtig zur Schnecke gemacht hätte, und auf den erhitzten Wangen meiner

Freundin erkenne ich immer doch die letzten Spuren einer energischen Diskussion.

Cedrik rappelt sich auf und stürmt ohne ein Wort an mir vorbei.

Ich erhebe mich ebenfalls und fliege in Tinas Arme. Mir ist zum Heulen zumute, warum genau kann ich nicht sagen. Doch ich habe das Gefühl, dass in den letzten zwei Stunden im Aufzug so viel mehr passiert ist, als dass Cedrik und ich einfach nur zusammen stecken geblieben sind.

Angekratzte Egos führen zu überraschenden Vorschlägen

Cedrik

Freitag, 8. Dezember

Helle Sonnenstrahlen brechen sich in den unzähligen Glasscheiben des riesigen Bürokomplexes auf der anderen Straßenseite und lassen mich blinzeln. Es ist kalt draußen, daher ziehe ich den Mantel ein wenig enger um mich, als mein Vater und ich das Büro der *Nero Investment Group* verlassen.

Ich fühle mich gut. Ach was, ich fühle mich phänomenal, brillant und unbesiegbar! Vor allem aber bin ich stolz. Ein Gefühl, das nach der verstörenden Szene im Fahrstuhl gestern so gar nicht in mein Leben passen will. Dennoch streckt sich mein Körper, wird automatisch ein paar Zentimeter größer und ein Siegerlächeln breitet sich auf meinem Gesicht aus.

»Gut gemacht, Cedrik! Ich wusste, dass mehr in der steckt!« Mein Vater klopft mir anerkennend auf die Schulter. Dass er meinen Verdienst mit diesen Worten zu seinem macht, überhöre ich. Dafür fühle ich mich im Moment einfach zu fantastisch.

»Danke, Vater!«

»Ich fahre zurück in mein Büro, wir sehen uns dann am Sonntag«, verabschiedet er sich. »Und Cedrik«, er sieht mich noch einmal eindringlich an, »ich bin stolz auf dich!«

Für einen Moment bin ich sprachlos. Dann fegt ein Sturm aus Stolz und Anerkennung über mich hinweg, der mich kurz aus der Bahn wirft. Wow! So also muss sich Johannes andauernd fühlen.

Überschwänglich drehe ich mich einmal um mich selbst, bevor ich mich besinne, dass mein Verhalten kindisch ist. Eine ältere Dame kommt mir entgegen, wirft mir einen spöttischen Blick zu. Aber nicht einmal das ärgert mich heute. Beschwingt gehe ich zu meinem Auto und mache mich auf den Weg zurück in die Agentur.

Die Präsentation vor der *Nero Investment Group* war ein voller Erfolg. Nicht zuletzt, weil Zoes Idee einfach unschlagbar gut ist. Es ist ihr Verdienst, dass wir diesen Auftrag haben, dass mein Vater stolz auf mich ich. Und das gibt meiner Freude einen bitteren Beigeschmack. Denn ich kann einfach nicht fassen, dass sie tatsächlich besser war als ich, dass sie diese Idee hatte.

Doch wenn ich an Zoe denke, verstehe ich mich selbst nicht mehr. Besonders nach den denkwürdigen zwei Stunden im Aufzug gestern. Zuerst war ich ihr so nahe, dass ich sie um ein Haar geküsst hätte und dann macht sie mir eine so unglaubliche Ansage, dass ich sie am liebsten direkt feuern würde. Ihre Worte haben mich verletzt. Mich zum Grübeln gebracht, weil sie so verdammt recht hat. Natürlich ordne ich mich meinem Vater unter, weil ihm diese Firma nun mal gehört. Und ja, ich will, dass er mich anerkennt. Dass er stolz auf mich ist. So wie auf Johannes. Dennoch ... Ich bin 31 Jahre alt und vergleiche mich immer noch mit meinem älteren Bruder. Selbst mir ist bewusst, dass das kindisch ist, dass ich längst darüber hinweg sein müsste. Dass es mehr in meinem Leben geben sollte als mein verdammter Erfolg. Aber ich kann einfach nicht über meinen Schatten springen. Und das hat Zoe erkannt.

Ach, verdammt, es war einfach eine beschissen anstrengende Woche und ich brauche dringend Schlaf. Dann wird sich auch mein verwirrtes Ego wieder einrenken.

Während ich den BMW auf die Hauptstraße lenke, wähle ich auf meinem Handy Zoes Nummer. Wir haben nach dem Fiasko im Aufzug gestern nicht mehr miteinander gesprochen, doch um der merkwürdigen Situation zwischen uns nicht noch mehr Bedeutung beizumessen, ist es am besten, wenn ich zur Tagesordnung übergehe.

»Ja?« Sie klingt, als hätte ich sie bei irgendetwas unterbrochen. Die Stimme im Hintergrund, die mir verdammt bekannt vorkommt, bestätigt mir auch direkt, dass es so ist.

»Störe ich?«, frage ich genervt. Hallo, ich bin ihr Chef. Ich störe nie!

»Nein.« Sie klingt anders als sonst. Und ihre Aufmerksamkeit gilt eindeutig nicht mir. »Max ist nur gerade auf einen Kaffee vorbeigekommen.«

Meine Hand ballt sich zur Faust. Was will dieser Idiot bei ihr?

»Aha. Und was will er?«, flutscht es mir heraus, bevor ich nachdenken kann. Genaugenommen weiß ich genau, was er will, immerhin hat er mich quasi um Erlaubnis gefragt. Max, dieser Verräter, ist dabei, sich mein Mädchen zu krallen. Äh … also meine Assistentin. Vergessen sind die *Nero Investment Group* und mein überflügelnder Erfolg. Alles, was ich jetzt verspüre, ist Ärger.

Zoe schweigt kurz und jetzt bin ich mir sicher, dass ich sie mir endlich zuhört. »Mein Privatleben geht dich nichts an, Cedrik.« Sie klingt bestimmend, beinahe kalt.

Fuck, was ist nur mit mir los? Wenn ich es nicht besser wüsste, würde ich fast behaupten, ich bin eifersüchtig. Aber das ist so abwegig, dass ich nicht weiter darüber nachdenke.

»Warum ich anrufe, wir haben den Auftrag«, sage ich knapp und mit dem überheblichen Tonfall, den ich seit dem Kindergarten perfekt beherrsche.

»Wow! Das ist fantastisch!«, freut sich Zoe. »Was haben sie gesagt? Wie finden sie das Konzept?«

Sie klingt aufgeregt, wie ein kleines Mädchen, das gerade erfahren hat, für den Lesewettbewerb nominiert worden zu sein. Unwillkürlich muss ich lächeln. Ihre Begeisterung ist ansteckend.

»Sie lieben die Idee mit den Projekten, also den Start-ups«, fahre ich fort und lasse direkt danach die Bombe platzen. »Sie wollen, dass wir nächste Woche in ihren Hauptsitz nach New York City fliegen und uns dort mit dem Management zusammensetzen, um passende Start-ups zu finden.«

Zoe jauchzt tatsächlich. Ich muss lachen und mein Ärger über Max und Zoe verfliegt. Ein warmes Gefühl kitzelt mich im Bauch und ihre Freude greift durch das Telefon auf mich über. Wie macht sie das nur, dass sie mich so im Griff hat?

»Ich will, dass du mich begleitest«, fahre ich fort und beende ihre Begeisterungsstürme abrupt. Fuck, habe ich das gerade wirklich gesagt?

Am anderen Ende der Leitung bleibt es auffällig still.

»Ich soll dich begleiten?«, fragt sie misstrauisch. »Warum? Ich gehöre nicht zum Kreativteam.«

»Es ist deine Idee, Zoe«, sage ich langsam und erkenne mich selbst kaum wieder. Mein Ego schreit fahnen-winkend nach Aufmerksamkeit und ich frage mich ernsthaft, ob ich sie noch alle habe. Aber jetzt ist es ausgesprochen, aus der Nummer komme ich nicht mehr heraus. »Es ist nur fair, dass du mitkommst. Außerdem muss ja irgendwer an deiner Karriere arbeiten, wenn du es schon nicht tust.« Dass ich sie verdammt nochmal brauche, verschweige ich ihr. Denn mir ist klar, dass ich die Idee nie allein umsetzen kann.

»Alles klar«, antwortet sie zögerlich und geht nicht auf meinen spitzen Kommentar ein. Überraschenderweise.

»Ich bin gleich im Büro, dann können wir die Details besprechen.« Ich verabschiede mich und beende über die Freisprechanlage das Telefonat.

Scheiße, was habe ich getan? Zoe bringt mich durcheinander und das ist nichts, was ich besonders mag.

Ein Klingeln ertönt, das den Eingang einer neuen Nachricht ankündigt. Ich greife nach meinem Handy und werfe einen Blick darauf. Und was ich lese, haut mich auf einen Schlag um.

Im letzten Moment kann ich den BMW herumreißen, bevor ich in ein entgegengekommenes Fahrzeug gerast wäre. Fuck, konzentrier dich, Mann!

Aber das kann ich nicht. Ungläubig schaue ich erneut auf mein Handy, auf dem immer noch die Nachricht von Vanessa aufleuchtet, meiner Ex-Freundin.

Ich bin wieder in der Stadt.
Ich würde dich gerne sehen!
Lass uns treffen.

Ein Telefonat, ein Date und eine unliebsame Erkenntnis

Zoe

Samstag, 9. Dezember

Ich bin nervös. Aber wer kann es mir verdenken, immerhin ist es das erste Date seit über sechs Jahren. Ich habe absolut keine Ahnung mehr, wie das geht. Über was sollen wir sprechen? Welches Verhalten ist zu viel, welches zu wenig? Und die wichtigste Frage überhaupt: Was ziehe ich an?

Verzweifelt betrachte ich mich im Spiegel. Meine roten Locken habe ich gewaschen und mit etwas Wachs in Form geknetet, ich trage einen blauen Pullover mit glitzernden Sternen und dazu eine Jeans. Ich sehe aus, als wollte ich mit Tina ins Kino gehen, aber ganz sicher nicht auf ein Date mit Max. Mist! Ich brauche dringend Hilfe!

Nach dem zweiten Klingeln nimmt Tina ab. »Was gibt's?«

»Was soll ich anziehen?« Ich brauche nicht zu erklären, worum es geht, Tina ist im Bilde.

»Die schwarze enge Hose, die graue etwas weitere Bluse mit den Glitzerapplikationen und die lange dunkelgraue Strickjacke aus dem groben Wollstoff«, kommt es wie aus der Pistole geschossen. »Und die hohen schwarzen Stiefeletten, die wir vor drei Wochen zusammen gekauft haben.«

Mir klappt vor Verblüffung die Kinnlade herunter. »Schaust du durchs Fenster oder woher kennst du meinen Kleiderschrank so genau?«

Tina lacht herzhaft auf. »Nein, Süße! Ich bin auf dem Weg ins Kino. Deinen Kleiderschrank kenne ich auswendig, immerhin sehen wir uns fast täglich.«

Mir ist es dennoch unheimlich, dass sie so genau weiß, was ich besitze.

»Und Zoe?«

»Ja?« Immer noch etwas verdattert, zerre ich die verordneten Kleidungsstücke aus meinem Schrank.

»Sei mutig! Max ist ganz ok. Und heute Abend wird er dir guttun.«

»Du kennst ihn?« Ich könnte schwören, dass sie ihn mehr als einfach nur »kennt«.

»Wir hatten mal was miteinander, das ist allerdings Jahre her. Lange bevor du in die Agentur gekommen bist.« Treffer, versenkt!

»Und warum wird ausgerechnet er mir heute Abend guttun?«

Auch wenn es nicht möglich ist, höre ich Tinas Grinsen förmlich durch das Telefon. »Weil er dich ein wenig ablenkt. Von einem gewissen, braunhaarigen, blauäugigen, verdammt heißen ...«

»Wage es nicht!«, unterbreche ich sie hart und registriere gleichzeitig, dass sich mein Herzschlag verdoppelt. »Außerdem hat Oliver blonde Haare.«

Wir wissen beide, dass sie nicht von meinem Ex-Freund gesprochen hat.

»Ich habe nichts gesagt«, flötet Tina unschuldig, obwohl sie eindeutig zu viel gesagt hat. Denn auch wenn ich es nicht wollte, habe ich natürlich an Cedrik gedacht.

Eben.

Und vorhin.

Beim Fernsehschauen, sogar beim Einkaufen heute Morgen.

Denn er macht etwas mit mir. Etwas, was mich verwirrt und was mich nicht mehr jeden Tag an Oliver denken lässt. Cedrik ist vollkommen anders als mein Ex-Freund. Arrogant, überheblich, bestimmend. Und er weiß genau, was er will. Seine Worte im Aufzug waren ein Schlag ins Gesicht und doch lässt mich das Gefühl nicht los, dass er mich tatsächlich durchschaut hat. Er hat innerhalb einer Woche erkannt, was ich will – wofür ich selbst mehr als sechs Jahre gebraucht habe. Und als wäre das nicht genug, dreht mein verräterischer Körper durch, sobald er in der Nähe ist. Mein Blut fängt an zu brodeln, Verlangen flackert auf und meine Libido erinnert mich mit Nachdruck daran, dass mein letzter Sex schon viel zu lange her ist.

Dennoch ... Cedrik ist immer noch Cedrik. Er ist der Junge aus meiner Schulzeit, in den ich zugegebenermaßen bis über beide Ohren verschossen war. Aber ich will nicht den Fehler machen, meine Gefühle von damals auf heute zu projizieren. Ich bin nicht mehr das kleine rothaarige Mädchen und Cedrik ist nicht mehr der umschwärmte Schulstar. Ich bin erwachsen geworden und er ist es auch.

Frustriert schnaube ich verspätet ins Telefon und gebe Tina auch so eine Antwort.

»Viel Spaß im Kino! Ich melde mich morgen nochmal«, verabschiede mich, weil die Zeit drängt. In einer halben Stunde will mich Max abholen.

Max entführt mich in ein gehobenes Restaurant im 23. Stock eines Wolkenkratzers. Die bodentiefen Fensterfronten bietet einen atemberaubenden Ausblick über die Stadt, die heute Nacht mit all ihren funkelnden Weihnachtslichtern beinahe magisch wirkt. Das Restaurant ist hochmodern, aber gemütlich mit dunklen Holzmöbeln eingerichtet und wir sitzen an einem kleinen Tisch direkt am Fenster.

Spätestens nach der Vorspeise muss ich Tina recht geben: Max ist ok. Mehr noch, er ist der formvollendete Gentleman. Er ist aufmerksam, höflich, hört mir zu, wenn ich etwas erzähle, und lacht sogar über meine zynischen Anmerkungen. Ich bemühe mich wirklich, den Abend zu genießen, aber irgendwie will es mir nicht gelingen.

»Seit wann arbeitest du schon in der Agentur?«, will Max gerade von mir wissen, als ich ein Stück von dem Lachsfilet in die Currysoße tauche.

»Seit drei Jahren. Du bist schon länger dabei?«, vermute ich, weil mir mein Telefonat mit Tina wieder einfällt.

»Ja, ich habe direkt nach dem Studium dort angefangen. Cedrik hat mir über seinen Vater ein Praktikum verschafft und das endete in dem Job.«

Ich zucke kurz zusammen, als Cedriks Name fällt, was Max leider nicht entgeht.

»Cedrik hat mir gesagt, dass ihr euch aus der Schule kennt?«

»Ja, leider. Er ... Ich war sein Lieblingsopfer.« Energisch pikse ich ein Stück Broccoli auf und schiebe es mir in den Mund. Wir sollten nicht über Cedrik sprechen.

Max lacht amüsiert auf. »Das klingt, als hätte er bleibenden Eindruck hinterlassen. Aber auf mich wirkst du überhaupt nicht, wie ein Opfer. Du machst mir eher den Eindruck, als wüsstest du, dich zu wehren.«

Sein Kompliment bringt mich zum Lächeln. Es tut gut, dass Max nicht das schwache, rothaarige Mädchen in mir sieht, dass ich selbst viele Jahre gesehen habe. »Heute bin ich es vielleicht nicht mehr, aber früher war ich ein wenig eigen. Ich habe mehr gelesen als meine Mitschüler, hatte kein Interesse an Mode, dafür bin ich gerne ins Museum gegangen.« Und habe Stunden damit verbracht, Cedrik anzuschmachten und mir eine gemeinsame Zukunft mit ihm auszumalen. Aber das erwähne ich lieber nicht.

»Eine echte Streberin, also?«, zwinkert mir Max zu. Er hat hellblaue Augen, wie ein wolkenloser Himmel im Sommer. So ganz anders als Cedriks dunkle Sturmaugen.

»Eine echte Streberin«, gebe ich verspätet zu und entspanne mich.

Wir bleiben noch über eine Stunde in dem Restaurant, bevor mich Max nachhause bringt. Es ist ein schöner Abend, ich lache viel und Max macht es mir leicht, mich bei ihm wohlzufühlen. Zum Abschied küsse ich ihn auf die Wange, alles andere ginge mir dann doch zu schnell. Aber er scheint nicht enttäuscht, ganz im Gegenteil. Er verabschiedet sich lächelnd und verspricht mir, sich zu melden.

Als ich später im Dunklen in meinem Bett liege, allein mit meinen Gedanken und Gefühlen, rollt jedoch eine entscheidende Erkenntnis über mich hinweg. Es war ein netter Abend. Mit leckerem Essen, guten Gesprächen und einer entspannten Atmosphäre. Allerdings ohne Bauchkribbeln, ohne Hitzewallungen und ohne das verlangende Ziehen, das nur ein anderer in der letzten Woche bei mir ausgelöst hat. Cedrik.

Ex-Freundinnen bringen nichts als Ärger

Cedrik

Sonntag, 10. Dezember

Vanessa hat sich verändert. Ihre blonden Haare trägt sie etwas kürzer, ihr Gesicht ist kantiger geworden und wie sie mir so gegenübersitzt, ihre Finger verhakt, ihr Blick unruhig, wirkt sie nervös.

»Was willst du von mir?«, wiederhole ich die Frage, die ich ihr vor einer halben Stunde bereits gestellt habe. Und die sie mir bis jetzt nicht beantwortet hat.

»Ich bin in der Stadt und da dachte ich, ...«

»Nein, das meine ich nicht«, unterbreche ich sie genervt.

Wir sitzen in einem kleinen italienischen Restaurant am Rande der Stadt. Die Atmosphäre ist gemütlich, das Licht ist gedimmt und die wenigen Tische sind nicht alle besetzt. Es ist Sonntagabend und obwohl ich wichtigeres zu tun habe, wie beispielsweise eine Präsentation für die *Nero Investment Group* vorzubereiten, sitze ich seit bald fünfundvierzig Minuten hier und weiß immer noch nicht, was zur Hölle sie von mir will.

»Warum wolltest du dich mit mir treffen? Warum jetzt, nach vier Jahren? Was versprichst du dir davon?« Die Fragen brechen aus mir heraus und zeugen davon, wie aufgewühlt ich innerlich bin. Denn seit ich ihre Nachricht bekommen habe, sind meine Gefühle außer Kontrolle. Vanessa war die Frau, die ich heiraten wollte. Mit der ich alt werden wollte. Und die mich - aus heiterem Himmel - abgeschossen hat. Für einen Job in den Staaten und irgendeinen Kerl, den sie von ihrer Modelagentur kannte.

»Ich habe über uns nachgedacht, Cedrik«, beginnt sie und stockt. Sie sieht mich an, lächelt und in ihren Augen glimmt etwas Vertrautes auf. Dieses verdammte Funkeln, das mich an früher erinnert, als wir noch glücklich waren und sie mich jeden Tag so angesehen hat.

»Wir hatten eine gute Zeit zusammen. Du hast mich verstanden, mich unterstützt. Wir haben viel gelacht, haben verrückte Dinge getan. O Gott, weißt du noch die Sache in dem Schwimmbad?« Sie lacht, klingt jünger, als sie ist.

Ich bleibe ernst, aber ich merke, wie ich nervös werde. In meinem Kopf entsteht ein Bild, schemenhaft, diffus, aber das Gefühl, das es auslöst, ist berauschend. Mein Leben mit Vanessa war perfekt. Alles hatte sich gefügt, meine Arbeit, meine Freunde, selbst mein Vater. Sie war die perfekte Frau an meiner Seite. Könnte sie es wieder sein?

»Ohne dich wäre ich nie Model geworden«, fährt sie lächelnd fort. »Daher will ich jetzt ...«

»Jetzt willst du mich wiederhaben«, fasse ich zusammen und eine wahre Explosion an Selbstbestätigung birst durch mich hindurch. Ich wusste es doch, ohne mich kann sie einfach nicht.

Vanessas Augen werden groß, schauen mich ungläubig an. »Auf gar keinen Fall!«

Fuck, was?

Sie schüttelt energisch ihren Kopf. »Nein, Cedrik, ich ... ich heirate in zwei Wochen. Aus diesem Grund bin ich auch in der Stadt.«

Ich starre sie an. Begreife einfach nicht, was sie sagt. »Aber warum wolltest du dich dann mit mir treffen?«

Meine Euphorie bricht zusammen, hinterlässt ein Trümmerfeld aus Erinnerungen und altem Glück. Nach Vanessas Trennung bin ich zusammengebrochen, war nur noch ein dunkler Schatten meiner selbst. Oder wurde vielmehr zu dem Schatten, wenn man den Frauen, die mich in den Wochen danach ablenkten, glauben darf. Max hat mich in eine Hölle geführt, aus Frauen, Alkohol und Vergessen. Als ich irgendwann wieder zu mir gekommen bin, habe ich mir geschworen, keine Frau mehr so nahe an mich heranzulassen. Niemals wieder würde ich zulassen, dass mir eine Frau mehr bedeutete als ich mir selbst.

»Ich wollte dir erklären, warum ich mich damals getrennt habe.«

»Du willst dein Gewissen erleichtern, bevor du vor Gott den Bund der Ehe schließt?« Meine Stimme trieft von Zynismus und Hohn. Vanessa war viel, aber eine Heilige war sie ganz sicher nicht.

Ihre perfekt gezupften Augenbrauen fahren erbost zusammen und jetzt erinnert sie mich wieder an die Frau, die mich an jenem beschissenen letzten Abend mit gepackten Koffern sitzen gelassen hat. »Sei nicht so ein Arschloch, Cedrik! Das steht dir nicht.«

»Du hast mich betrogen, Vanessa. Du hast einen anderen Mann gefickt, hinter meinem Rücken! Was genau erwartest du von mir? Dankbarkeit?!« Oh, sie hat keine Ahnung, was mir alles steht. Vor vier Jahren war ich ein anderer, bevor sie mich zerstört hat.

»Ich war verdammt allein, Cedrik!« Ihre rechte Hand greift nach der weißen Stoffserviette auf dem Tisch und krallt sich daran fest. »Ja, du hast mich unterstützt. Du wusstest, was gut für meine Karriere ist. Aber das alles hat vor allem dir in die Karten gespielt. Ich war die perfekte Frau an deiner Seite, das Model, das sonst niemand deiner Freunde hatte. Mit mir konntest du angeben, mich konntest du präsentieren. Aber mich hat das alles kaputt gemacht. Du hast mich nicht an dich herangelassen, nicht an einem verdammten Tag in den ganzen fünf Jahren. Du hast dich hinter eine Mauer aus Ehrgeiz und Erfolg versteckt, hast mir so gut wie nie gezeigt, was du wirklich fühlst.«

»Das ist nicht wahr.« Wut kribbelt in meinem Nacken, denn ihre Worte machen mich rasend. Sie klingt, als wäre ich daran schuld, dass sie mich verlassen hat. Ich bin nicht fremdgegangen, ich bin nicht in die USA abgehauen. Ich bin danach zusammengebrochen, auf der Suche nach den zertretenen Resten meines Egos.

»Doch, das ist es.« Sie sieht mir direkt in die Augen. Bitterschokolade, mit karamellfarbenen Sprenkeln. »Du hast mir nicht ein einziges Mal gesagt, dass du mich liebst.«

Ich beiße meine Zähne so fest zusammen, dass mein Kiefer knackt. Meine Wut wird zu einem unbändigen Sturm und ich stehe kurz davor, auf den Tisch zu hauen und sie anzuschreien. Die Tatsache, dass etwa fünfzehn Menschen mit uns in diesem Restaurant sitzen, hält mich davon ab.

»Natürlich habe ich dich geliebt«, sage ich schließlich gepresst, aber meine Stimme zittert vor Wut.

»Bist du sicher?« Vanessa klingt müde, erschöpft. »Ich bin hier, weil ich dir sagen will, dass du dich öffnen musst, Cedrik. Du musst zulassen, dass dir jemand nahe kommt, sonst wirst du den Rest deines Lebens allein bleiben.« Sie winkt einem Kellner, gibt ihm durch eine Geste zu verstehen, dass sie bezahlen will. »Ich weiß, dass ich vor vier Jahren Mist gebaut habe. Aber ich mag dich, Cedrik, ich verdanke dir verdammt viel. Deshalb wollte ich dich sehen. Um dir zu sagen, dass auch für dich dort draußen die Richtige wartet. Aber dafür musst du auch etwas tun.«

Back to normal

Zoe

Montag, 11. Dezember

»Pasta or Chicken?« Das aufgesetzte Lächeln der blonden Stewardess erreicht ihre Augen nicht.

»Pasta«, beeile ich mich, zu antworten, und nehme das voll beladene Tablett entgegen. Der Duft von Tomate steigt mir in die Nase und augenblicklich meldet sich mein Magen. Nach dem kargen Frühstück am Flughafen kommt mir das Mittagessen gerade recht.

Die korpulente Dame rechts neben mir wählt Hühnchen, während das junge Mädchen zu meiner linken mit kritischem Blick die Alubox ihrer Pasta öffnet.

Wir sitzen seit drei Stunden im Flugzeug. Drei Stunden auf einem kleinen Sitz, eingekeilt zwischen einer durchgehend schnatternden Dame auf der einen und einer musikhörenden Göre auf der anderen Seite. Und noch sechs lange Stunden, die vor mir liegen.

»Wie ist ihre Pasta, Liebes?« Meine Sitznachbarin beugt sich über mein Tablett, nur um enttäuscht festzustellen, dass meine Alubox noch geschlossen ist. »Flugzeugessen hat ja einen wahnsinnig schlechten Ruf«, fährt sie quasselnd fort, »aber ich freue mich jedes Mal darauf. Es ist immer eine Überraschung, was es diesmal gibt.«

Als ob die Auswahl zwischen »Huhn oder Pasta« große Überraschungen bereithalten würde, denke ich lakonisch, erwidere aber nichts.

»Mein Alfred mag auch lieber Nudeln, aber ich bevorzuge das Gemüse beim Huhn. Zu viele Kohlenhydrate ruinieren die Figur, Herzchen, da muss man in meinem Alter schon aufpassen.«

Mir entfährt ein resignierendes Seufzen. Die Dame neben mir ist etwa sechzig Jahre alt und wiegt mindestens hundert Kilo. Dass sie sich besonders viele Gedanken über ihre Ernährung macht, wage ich zu bezweifeln. Aber wem will ausgerechnet ich etwas sagen.

Meine Sitznachbarin plappert weiter, während ich den Deckel der Alubox entferne, mein Besteck aus der Plastikhülle zerre und in die Pasta steche. Der erste Bissen ist auf dem Weg zu meinem Mund, mein Magen knurrt erwartungsvoll, als die blonde Stewardess erneut an unserer Sitzreihe stehenbleibt.

»Frau Andres?«

»Ja?« Überrascht, dass die Stewardess meinen Namen kennt, lasse ich die Gabel wieder sinken.

»Herr Baumann bittet Sie, zu ihm zu kommen. Er sitzt in der Business Class.«

Meine Schultern fallen herab, mein Kopf sackt nach unten und kurz schließe ich die Augen. Einen Fluch unterdrückend öffne ich sie wieder, greife nach meinem unangetasteten Mittagessen und reiche das Tablett der Stewardess. »Natürlich. Könnten Sie das bitte nehmen?«

Ich quetsche mich an der Göre vorbei, die nicht aufsteht, sondern ihre Beine und ihr Tablett auf den sowieso schon zu kleinen Sitz klemmt, und folge der Stewardess den schmalen Gang entlang. Als wir schließlich in der Business Class ankommen, komme ich mir vor wie ein unerwünschter Eindringling. Gemütliche Sitze, entspannte Gesichter und vor allem Stille empfangen mich in diesem Bereich des Flugzeugs. Wut zuckt durch mich hindurch, und der Ursprung allen Übels lümmelt gelassen auf einem grauen, breiten Ledersitz am Fenster. Cedrik trägt eine dunkle Hose, einen blauen Pullover, der seine Augen auf eine ganz irritierende Art betont, und wirkt völlig gelassen. Aber der Schein trügt, wie er mich heute Morgen schon hat spüren lassen. Er hatte so schlechte Laune, dass ich beinahe froh war, in der Economy Class nach New York fliegen zu müssen, während seine Hoheit selbstredend die Luxusklasse gebucht hat.

»Was gibt es?«, frage ich übertrieben freundlich, sodass ihm sofort klar sein muss, dass ich genervt bin. Der Sitz neben ihm ist frei, dennoch bleibe ich stehen. Zum einen ist das nicht mein Platz, und zum anderen will ich möglichst schnell wieder weg. Denn ich will mich nicht damit auseinandersetzen, warum allein sein Erscheinen ausreicht, um mich in einen völligen Ausnahmezustand zu versetzen. Und das, obwohl er mich den ganzen Morgen behandelt hat, als wäre ich sein persönlicher Prügelknabe. Wir sind nicht mehr auf dem Schulhof.

Die Zeit, in der ich ihn bedingungslos angebetet habe, ist vorbei – endgültig. Auch wenn mein hinterhältiger Körper etwas völlig anderes sagt.

»Setz dich, Zora.«

Wir sind zurück in alten Mustern gefallen, als hätte es diese zwei Stunden im Aufzug zwischen uns nie gegeben. Als hätten wir uns nie die Meinung gesagt und er mir nicht von sich aus angeboten, mit nach New York zu kommen.

»Nein, danke, ich stehe lieber.«

»Setz dich!« Keine Bitte, sondern ein gezischter Befehl. In seine Augen glimmt unterdrückte Wut auf und an seiner Wange zuckt ein Muskel. Wow, seine Laune scheint noch schlechter geworden zu sein.

»Ich habe ein paar Änderungen an der Präsentation vorgenommen und will sie kurz mit dir durchgehen.«

»Können wir das nicht heute Nachmittag im Hotel machen?«, frage ich verzweifelt, weil mein Blutzuckerspiegel den Nullpunkt fast überschritten hat und ich mich jetzt nicht auf irgendwelche kreativen Ergüsse konzentrieren kann.

»Nein. Da habe ich einen Termin.«

»Ah?« Fragend hebe ich eine Augenbraue. Davon hatte er bisher nichts erzählt.

»Mein Privatleben geht dich nichts an, Zora«, antwortet er mir mit exakt den Worten, die ich am Freitag zu ihm gesagt habe.

Ärger macht sich in mir breit, lässt mich die Lippen zusammenpressen. Ich werde die nächsten vier Tage mit ihm verbringen. Wir sollten zumindest versuchen, uns bis zum Rückflug nicht zerfleischt zu haben. Daher reiße ich mich zusammen und nehme neben Cedrik Platz. Er hat derweil seinen Laptop hervorgeholt und die Präsentation geöffnet.

»Ich habe die Power-Point ein wenig überarbeitet, wir sollten ...« Er erklärt mir das Konzept, spricht über einzelne Start-ups, eine groß angelegte Social Media Kampagne, verschiedene Microsites und vieles mehr. Seine Ideen sind gut, kreativ und vor allem neu. Eine Kampagne, die die *Nero Investment Group* in dieser Breite mit Sicherheit noch nie umgesetzt hat. Unwillkürlich muss ich ihm meinen Respekt zollen. Auch wenn Cedrik die Position nur dank seines Vaters innehat, hat er sie dennoch zurecht. Er ist gut, indem was er tut, doch leider weiß er das auch.

Nach zwei Stunden schwirrt mir der Kopf und mein Magen hängt mir in den Kniekehlen. Ich kann einfach nicht mehr, aber mein Chef ist noch lange nicht fertig.

»Hier dachte ich, dass wir eine Homestory machen könnten«, sagt er in diesem Moment, bricht jedoch plötzlich ab. Er legt seinen Kopf schief und sieht mich stirnrunzelnd an. »Hörst du mir überhaupt zu?«

»Natürlich«, antworte ich rasch, »ich finde die Idee gut.«

»Was habe ich eben gesagt?«

Mist! Ich habe keine Ahnung.

»O Mann, Zora, das ist wichtig!«, flucht er ungehalten. »Ich habe dich mitgenommen, damit du mir hilfst und nicht vor dich hin träumst.« Hitze kriecht in mein Gesicht. Vor Scham, aber auch vor Wut.

»Ich kann nicht mehr, Cedrik!«, bricht es aus mir heraus und das Hämmern in meinem Kopf klingt wie ein tosender Applaus, der meine Worte unterstreicht. »Ich habe Hunger, ich habe schlecht geschlafen und habe den Vormittag nicht in einem gemütlichen Sitz verbracht und Videos geschaut, sondern saß eingequetscht in der Holzklasse und hatte noch nicht einmal die Ruhe, etwas zu lesen.«

»Wegen Max?« Etwas blitzt in seinen dunklen Augen auf, das ich nicht einordnen kann.

»Was?«

»Hast du wegen Max schlecht geschlafen?« Es ist die erste Frage nach meinem Date am Samstagabend. Nach dem, was am Wochenende passiert ist.

Ich könnte ihm die Wahrheit sagen. Nämlich, dass ich einen netten Abend hatte, mehr jedoch nicht. Aber in diesem Moment zuckt ein Ausdruck über sein Gesicht, den ich überrascht als Eifersucht erkenne. Und weil er mich den ganzen Vormittag genervt hat, und mir einfach alles zu viel ist, antworte ich ihm mit genau den Worten, die er hören will.

»Ja, es ist wegen Max. Wir haben die ganze Nacht gevögelt, daher brauche ich jetzt dringend Schlaf.«

Seine Augen funkeln, werden eine Spur dunkler. Er presst die Lippen aufeinander und dann von einer Sekunde auf die andere, verschließt sich sein Gesicht. Was immer ich geglaubt habe, zu sehen, ist verschwunden.

»Alles klar, wir machen morgen weiter.« Seine Stimme klingt kalt, ohne jegliche Emotion darin. Er schließt seinen Laptop, schaut mich nicht mehr an.

»Ok.« Überrascht erhebe ich mich, weiß nicht, was ich noch sagen soll. Dennoch beschleicht mich das dumpfe Gefühl, gerade einen Fehler gemacht zu haben. »Bis später dann«, schiebe ich noch hinterher, bevor ich mich erhebe.

Die blonde Stewardess von vorhin kommt mir entgegen und wirft mir einen abschätzigen Blick zu. Ich stehe immer noch an Cedriks Platz, als sie sich zu ihm beugt und ihm etwas zuflüstert. Mein Magen zieht sich krampfhaft zusammen und ich schaffe es nicht, nicht zu ihm zu blicken. Ein zufriedener Ausdruck liegt auf seinem Gesicht, bis er zu mir sieht und sich sein Mund zu einem dreckigen Grinsen verzieht.

»Klar, warum nicht? Ich wollte schon immer Mitglied im *Mile High Club* sein.«

Kein Alkohol ist auch keine Lösung

Cedrik

Dienstag, 12. Dezember

New York platzt vor Kitsch. Die Stadt hat beschlossen, ihren weihnachtlichen Glanz nach außen zu kehren, sodass an jeder beschissenen Straßenleuchte ein Lichterstern baumelt, in jedem Geschäft besinnliche Musik läuft, jedes Schaufenster Geschenkideen präsentiert und selbst die Menschen gute Laune haben. Von den üblichen dauergestressten New Yorkern keine Spur. Ich könnte kotzen!

Im wortwörtlichen Sinn, denn der Alkohol von gestern Nacht rauscht immer noch durch meine Adern. Nachdem ich es der blonden Stewardess auf der Toilette so richtig besorgt hatte, sind wir nach der Landung zunächst in ihr Hotel. Anschließend ging es in eine Bar, dann zu ihren Kollegen in einen Club. Der Rest der Nacht verschwindet im Nebel. Aber die Wut und der Hass auf Vanessa, die seit Sonntagabend in meinem Körper tobt, und die vollkommen irren Gefühle für

Zoe, lassen sich einfach nicht vertreiben. Weder mit einer fremden Frau noch mit zwölf Tequila-Shots.

Mein Schädel dröhnt und meine Gedanken wabern im Nirwana. Nur mit Mühe kann ich mich auf das konzentrieren, was gerade passiert. Wir sind in einem Aufzug. Wieder einmal. Nur diesmal werden wir nicht steckenbleiben, ich werde Zoe nicht zu nahe kommen und sie wird nicht in meinen Gefühlen herumstochern. Nie wieder!

Ein nervtötendes Klingeln ertönt und die Aufzugstüren öffnen sich. Zoe tritt an mir vorbei, bleibt stehen, dreht sich zu mir um. Mein Magen hebt sich, wenn ich jetzt einen Schritt mache, kotze ich ihr vor die Füße.

»Kommst du?« Mein Blick haftet am Fußboden, wandert langsam ihre Beine hinauf, bis zu ihren grünen Augen, die mich äußerst skeptisch mustern. Ich muss hart schlucken. Und das nicht nur wegen meines angekratzten Gesundheitszustandes. Zoe sieht scharf aus. Schwarze High Heels, roter schmaler Rock, schwarze Bluse. Fuck! Wann genau ist aus der Roten Zora diese männermordende Sirene geworden? Und seit wann fällt mir das auf?

Kurz bevor sich die Aufzugstüren wieder schließen, gebe ich mir einen Ruck. Reiß dich zusammen, Cedrik! Der Termin ist scheiße wichtig! Und keine Ex-Freundin, kein zertretenes und am Boden liegendes Ego, und kein »ich vögele, feiere und saufe so lange, bis ich diesen ganzen Scheiß vergesse« entschuldigen, dass ich heute auflaufe, wie ein abgewrackter Rockstar. Also raffe ich alles, was an Disziplin in meinem Körper übrig ist, zusammen, ordne meinem Magen eine Ruhepause an und ignoriere meinen dröhnenden Schädel. Ich setze mein einstudiertes Gewinnerlächeln auf, hoffe, dass man mir meine durchzechte Nacht nicht zu sehr ansieht und folge Zoe durch den Flur in einen Meetingraum auf der rechten Seite.

»Ah, Cedrik«, begrüßt mich ein Herr mittleren Alters in einem dunkelblauen Anzug. Er wirkt aalglatt, lächelt mich geschmeidig an, und sein fester Händedruck strotzt vor Überlegenheit. Wäre er ein Hund, hätte er mir jetzt ans Bein gepinkelt, um sein Revier zu markieren. Alphawölfe erkennen einander.

»Jordan nehme ich an?« Ich gebe mich selbstsicher, überheblich und halte seinen starren Blick.

»Richtig. Es ist schön, auch Sie endlich persönlich kennenzulernen!«

»Sie kennen ... meinen Vater persönlich?«, frage ich überrascht, denn anders kann ich seine Aussage nicht deuten. Johannes meint er wohl kaum.

»Ja, natürlich. Hat er das nicht erwähnt?«

»Doch, sicher.« Ich überspiele meine Überraschung mit einem schmalen Lächeln. Mein Vater hat mit keinem Wort erwähnt, dass er den Marketingleiter der *Nero Investment Group* persönlich kennt. Und es klang auch in keiner Weise danach, als er mir von dem Auftrag berichtet hat. Diese Tatsache macht mich stutzig und ich mache mir eine gedankliche Notiz, meinen Vater später danach zu fragen.

»Welche bezaubernde junge Dame haben Sie uns mitgebracht?«, holt mich Jordan aus meinen Gedanken. Er löst den Blick und kurz fühle ich mich als Sieger, weil ich das stumme Duell eindeutig gewonnen habe. Aber als mir auffällt, wie er Zoes Hand tätschelt, grollte der Zorn in mir erneut hoch.

»Ich bin Zoe Andres. Ich werde Cedrik bei der Kampagne unterstützen«, stellt Zoe sich in besten Oxford Englisch vor und mir fällt wieder einmal auf, dass sie für einen Assistentinnen Job eindeutig überqualifiziert ist.

»Wie wundervoll.« Jordan zwinkert ihr zu und Zoe errötet tatsächlich. Frauen! Ein nettes Wort, egal wie platt, und sie liegen dir zu Füßen!

Neben Jordan tritt eine junge Frau in einem eng geschnittenen blauen Hosenanzug.

»Hi, ich bin Alex.« Sie reicht Zoe ebenfalls die Hand. »Zoe Andres? Ihr Name kommt mir bekannt vor. Kann es sein, dass Sie sich erst kürzlich bei uns beworben haben?«

Zoe wird knallrot, was sie mit ihren roten Haaren wie ein lebendig gewordenes Streichholz aussehen lässt.

»Ähm ... «, sie schaut unsicher zu mir. Die Situation ist ihr merklich unangenehm. »Ja, das hatte ich. Allerdings habe ich mich letztendlich doch entschieden, in Deutschland zu bleiben.«

»Äußerst schade, zumindest für uns.« Jordan haut mir kumpelhaft auf die Schulter, was mich zusammenzucken lässt. »Ich hoffe doch, Cedrik weiß Ihre Entscheidung zu würdigen?«

Zoes Blick spricht Bände und ich muss meine ganze Selbstbeherrschung aufwenden, um ihr nicht deutlich die Meinung zu sagen. Sie hat sich hier beworben? Der Job, von dem sie mir im Aufzug erzählt hat und den sie wegen ihres Ex-Freundes ausgeschlagen hat, war ausgerechnet bei der *Nero Investment Group*? Diese unwesentliche Kleinigkeit sagt sie mir nicht? Ich komme mir vor, wie der letzte Trottel, wie ich jetzt neben ihr stehe und sie nur stumm anstarre.

»Falls Sie es sich doch anders überlegen, die Position ist immer noch vakant«, ergänzt Alex in diesem Moment und schlagartig ist meine Übelkeit zurück. Mit ihr das Dröhnen in meinem Schädel und das beschissene Gefühl, dass ich einfach nicht mehr verstehe, was mit mir los ist.

Nach der kurzen Begrüßung bittet Jordan uns, Platz zu nehmen. Ein junges Mädchen von höchstens zwanzig Jahren bringt Kaffee herein, den ich mir, ohne zu zögern, greife und beginne, in mich hinein zu kippen. Zoe hat derweil meine Präsentation geöffnet und wartet darauf, dass ich beginne, die Kampagne vorzustellen. Es fällt mir unglaublich schwer, mich zu konzentrieren und ohne Zoe wäre ich vermutlich sang und klanglos untergegangen. Aber sie ergänzt meine Worte perfekt, wenn ich etwas vergesse, weist unaufdringlich auf Details hin, und bis zum Ende der Präsentation ist mir vor allem eines bewusst: Diese Firma wird alles tun, um sie zu bekommen. Und aus irgendeinem Grund, den ich selbst nicht erklären kann, macht mir das unglaubliche Angst.

Es gibt nur eine Sache, die mir hilft, wenn mein Leben mal wieder aus dem Ruder läuft. Und deswegen mache ich nach dem Meeting mit der *Nero Investment Group*, genau da weiter, wo ich gestern Nacht aufgehört habe. Morgen wollen wir uns mit einem Start-up treffen, das durch die Finanzierung der Group erfolgreich geworden ist. Aber bis dahin ist noch viel Zeit, um meinem Leben wieder einen Sinn zu geben.

»Wollen Sie noch einen?« Andrew, mein neuer bester Freund, deutet fragend auf das leere Glas vor mir.

»Klar, Mann. Am besten gleich einen doppelten.«

Andrew schenkt mir ein. »Harter Tag?«

»Harte Woche.« Meine Stimme schwankt ein wenig, aber das ist mir egal. Wie mir alles immer gleichgültiger wird, je mehr Whiskey ich in mich hineinlaufen lasse. Mein Vater, der Auftrag, Zoe, Vanessa und ihre beschissene Ansage, dass ich mich öffnen solle. Ich habe diese Schlampe geliebt, verdammt, nicht umsonst hat mich ihr Abgang so gnadenlos fertig gemacht. Und was macht diese blöde Kuh? Gibt mir die Schuld daran. Fuck! Aber wenn ich das alles einfach abtun könnte, ginge es mir jetzt nicht so beschissen.

»Eine Frau oder der Job?« Andrew greift sich ein Glas und beginnt es abzutrocknen.

»Beides.« Mit einem Zug leere ich meinen Whiskey.

»Mann, das kenne ich.« Das trockene Glas wandert zu den anderen ins Regal und Andrew greift sich ein neues.

»Keine Ahnung. Vor fünfzehn Jahren sah sie noch so scheiße aus, sie war lächerlich mit ihren selbst genähten Klamotten und dieser Streberbrille. Und jetzt ist sie meine beschissene Assistentin und ... o Mann, wenn ich sie nicht bald flachlege, werde ich noch wahnsinnig.«

Wow!

Stopp!

Ich wollte über Vanessa sprechen, nicht über Zoe. Aber mein whiskeyverseuchtes Hirn hat die Worte einfach aus meinem Mund gespuckt, ohne dass ich es verhindern konnte.

»Oh wow, Mann. Der hier geht aufs Haus.« Andrew schenkt mir unaufgefordert nach und ich leere das Glas in einem Zug. Vergessen! Vergessen, was für einen gequellten Unsinn ich gesagt habe!

Der Alkohol brennt meine Kehle hinab. Meine Arme beginnen zu kribbeln, meine Beine werden auf einmal schwer und ich bemerke amüsiert, wie sich meine Sicht ein wenig verschleiert. Ich schließe die Augen, gebe mich ganz dem einlullenden Gefühl des Alkohols hin und genieße den Nebel, der unaufhörlich an meinem Verstand zerrt. Bis eine nervende Stimme in mein Unterbewusstsein vordringt und mich zwingt, die Augen wieder zu öffnen.

»Cedrik! Kannst du mir einmal sagen, was du hier tust?« Ein roter Punkt hat sich vor mir aufgebaut, den ich bei näherer Betrachtung als eine ziemlich wütend wirkende Zoe identifiziere.

Ich beuge mich ein Stück in ihre Richtung, um sie besser sehen zu können und auch, weil ich sehen will, ob sie wieder rot wird.

»Trinken«, flüstere ich dicht an ihrem Ohr. Sie riecht nach Zimt, und erinnert mich an Zimtsterne und Weihnachten. Der Geruch betört mich, lässt mich tiefer einatmen und gibt mir das Gefühl von Geborgenheit. Meine Mutter hat zu Weihnachten immer Zimtsterne gebacken und ich habe sie geliebt. Und jetzt riecht Zoe danach. Fuck!

»Das sehe ich selbst. Ich dachte, wir wollten den Besuch bei dem Start-up morgen vorbereiten und schonmal grob eine Storyline skizzieren. Aber wir arbeiten heute wohl nicht mehr. Dann kann ich auch gehen.« Eine leichte Röte überzieht ihr Gesicht und in mir drinnen regt sich etwas. Zufriedenheit, weil ich so eine Wirkung auf sie habe, aber noch etwas anderes. Etwas, dass mich dazu bringt, sie berühren zu wollen, wissen zu wollen, ob diese verrückten, wirren Haare tatsächlich so weich sind, wie sie aussehen.

»Wo willst du hin?«, bringe ich mühsam hervor und blinzle. Mein Verstand arbeitet nicht mehr richtig und langsam werde ich müde.

»Auf das Empire State Building. Ich war noch nie in New York und wollte es mir ansehen.«

»Kann ich mitkommen?« Frische Luft wäre mit Sicherheit hilfreich.

»Nein.«

»Warum nicht?«

Ihre Augenbrauen erreichen fast ihren Haaransatz und ihr kritischer Blick geht mir durch und durch. Ok, ich bin betrunken. Genau genommen bin ich rabenvoll. Und der Drang, nach ihr zu greifen, sie an mich zu ziehen und zu küssen, wird übermächtig.

Fuck, das hier vor mir ist Zora!

Die Rote Zora, die nie etwas anderes war als eine Witzfigur.

»Du bist zu betrunken, Cedrik«, stellt Zoe auch prompt das Offensichtliche fest.

»Fuck, ja.« Ich lasse den Kopf hängen, sehe sie nicht länger an. Sie soll verschwinden, ich will mich noch etwas im Selbstmitleid suhlen, bevor ich mich auf mein Zimmer verziehe. Neben mir raschelt es und überrascht stelle ich fest, dass Zoe auf einem der Barhocker Platz genommen hat.

»Kannst du mir mal sagen, was mit dir los ist?«

Ein alkoholgetränktes Schnauben fährt aus meinem Mund und ich hebe meinen schweren Kopf. Zoe sitzt vor mir, schaut mich aus klaren grünen Augen forschend an. Sie hat etwas schulmeisterhaftes und ich erwarte beinahe, dass sie gleich das Klassenbuch zückt und mir einen Verweis erteilt.

»Nichts«, grummele ich und greife nach meinem leeren Glas. Ich gebe Andrew ein Zeichen.

»Ok, dann kann ich ja jetzt gehen.«

»Nein.« Zoe darf mich nicht verlassen. Weder für Max noch für die verfickte *Nero Investment Group.* »Ich ...«

Ich kann ihr das nicht sagen. Unmöglich.

»Ich ...«

Öffne dich! Vanessas Worte dröhnen durch meinen Kopf. Aber ich kann Zoe nicht sagen, dass sie mich verwirrt. Dass ich selbst nicht mehr weiß, was mit mir los ist, seit Max sie um ein Date gefragt hat. Und er sie um den Verstand vögelt. Verfluchtes Kopfkino! Also sage ich das Einzige, was plausibel genug klingt, um sie zufrieden zu stellen.

»Ich habe meine Ex-Freundin am Sonntag getroffen.«

Wenn sie überrascht ist, lässt sie sich nichts anmerken. Stattdessen nickt sie knapp und schaut mich auffordernd an.

»Sie heiratet in zwei Wochen«, ergänze ich lahm, auch wenn diese Tatsache nichts mit dem Chaos in meinem Kopf zu tun hat.

»Und das hat dich ganz offensichtlich umgehauen. Willst du noch etwas von ihr?«

»Nein!« Die Antwort kommt schnell, zeigt, wie ernst sie mir ist.

»Was ist dann das Problem?«

Kann sie nicht nur neben mir sitzen? Ohne all diese nervtötenden Fragen?

Öffne dich, Cedrik!

Ich fahre mir mit den Händen über das Gesicht, wische die Müdigkeit weg.

»Sie ... sie hat mir vorgeworfen, dass ich sie nie geliebt habe. Dass ich sie als Schmuckstück gesehen habe, aber nie als Partnerin.«

»Stimmt das?«

»Vielleicht. Aber es war einfacher, ihr die Schuld am Scheitern unserer Beziehung zu geben. Sie hat mich betrogen, sie hat mich verlassen. Und verdammt, mich verlässt man nicht.« Ok, jetzt ist es raus. Ich habe definitiv ein Ego-Problem.

Zoe schmunzelt, sagt aber nichts. Mir ist nicht nach schmunzeln, mir ist noch nicht einmal nach einem schwachen Lächeln.

»Ich bin verdammt einsam, Zoe. Ja, ich habe Max und die Arbeit. Und meine Familie, also zumindest meine Mutter, die mich mag. Aber um die Gunst meines Vaters habe ich mein Leben lang gekämpft und bis zum heutigen Tag immer gegen meinen Bruder verloren. Ich war immer unglaublich beliebt, ich weiß, dass alle zu mir hochgesehen haben. Hast du eine Vorstellung davon, wie anstrengend das sein kann? Und dabei war ich nichts anderes als irgendein armer Trottel, dem es unglaublich wichtig war, wie er dasteht. Das hat Vanessa erkannt, deshalb hat sie mich verlassen.« Ich fühle mich leer. Meine Seele brennt, weil es vermutlich das erste Mal ist, dass ich so klar ausspreche, was mich bewegt.

Zoe steht auf, zieht sich ihre Jacke aus. »Ich nehme auch einen«, sagt sie in Andrews Richtung. Dann sieht sie zu mir. Ihre grünen Augen finden meinen Blick, lassen mich den Schmerz in meinem Inneren für einen kurzen Moment vergessen.

»Es ist immer ein erster Schritt zu erkennen, was für ein Arschloch man ist. Und da ich nie gedacht hätte, dass Cedrik Baumann sich ausgerechnet mir einmal offenbart, werde ich das heute Abend gebührend feiern. Machst du mit?«

Sie hält mir ein volles Whiskeyglas hin.

Ich starre sie verblüfft an. Dann greife ich nach meinem Glas, das wie durch Zauberhand gefüllt wurde, und stoße mit ihr an.

»Oh ja, Baby, ich bin dabei!«

Verlorene Träume

Zoe

Mittwoch, 13. Dezember

Ein leises Schnarchen dringt in mein Ohr. Ein warmer Luftzug streichelt meine Wange, kitzelt mich, lässt mich lächeln. Ich drehe meinen Kopf zur Seite, blinzle, und reiße erschrocken die Augen auf. Neben mir liegt Cedrik. Schlafend. In seinem Bett.

Schlagartig bin ich hellwach. Erinnerungen stürzen auf mich ein, Bilder von letzter Nacht. Wir beide in der Bar, Cedrik, der auf einmal über seine Probleme und Gefühle spricht, Andrew, der uns immer weiter mit neuen Getränken versorgt. Wir beide später im dunklen Hotelflur, mein vernebelter Verstand, der nur noch registriert wie unfassbar sexy dieser Kerl ist, mein Körper, der darum bettelt, ihm näher zu kommen.

Bis zu dem Moment, als mir Cedrik vor die Füße kotzt.

Und leider bis in die frühen Morgenstunden nicht mehr aufhört, warum ich ihn auch nicht allein auf seinem Zimmer gelassen habe.

Uff, Zeit zu verschwinden, bevor das hier peinlich wird.

Ich bin gerade dabei, mich aus dem Bett zu winden, als Cedrik sich zur Seite dreht. Erschrocken halte ich die Luft an, aber nichts passiert, er schläft weiter. Die Decke ist von seiner Schulter gerutscht und mein Blick wandert wie magisch angezogen über seinen muskulösen Oberkörper. Über seine definierten Muskeln, die nackte Brust, die sich mit jedem Atemzug leicht hebt, zu seinem Bauchnabel und schließlich zur Bettdecke, die den unteren Teil seines Körpers verdeckt. Hitze breitet sich in mir aus und meine Kehle fühlt sich wie zugeschnürt an. Meine Hand zuckt, wandert langsam über das weiße Laken, doch im letzten Moment kann ich mich zurückhalten. Scheiße, was tue ich hier? Allerhöchste Zeit zu verschwinden!

Fünf Minuten später habe ich das Zimmer verlassen und stehe in meinem eigenen Hotelzimmer unter der Dusche. Kalt. Um endlich wieder zur Besinnung zu kommen, vor allem aber, um meinen erhitzten Körper herunterzufahren. Das kann so nicht weitergehen. Cedrik ist mein Chef. Und ja, ich war in ihn verknallt, vor langer Zeit. Aber ich bin es nicht mehr, das ändert auch ein Abend voller Offenbarungen und ehrlicher Geständnisse nicht. Ganz sicher.

Es riecht nach Zimt. Nach Koriander, Anis, Fenchel, Kümmel, nach allen möglichen Gewürzen, deren Namen ich nicht einmal kenne. Und nach Cedrik, weil er viel zu dicht neben mir steht und gerade an einer Kelle mit Safran schnüffelt.

»Wann haben Sie Ihr Start-up gegründet?«, fragt er eine junge Frau mit kurzen roten Locken, die dabei ist, verschiedene Gewürze in eine Schüssel zu füllen.

»Die Idee hatten wir schon vor vier Jahren. Richtig erfolgreich wurden wir allerdings erst, als die *Nero Investment Group* uns finanziell unterstützt hat. Wir konnten in diese Räumlichkeiten umziehen, noch einen Mitarbeiter einstellen und unseren Versandhandel ausweiten. Mittlerweile haben wir sogar Kunden aus Kalifornien.«

Die junge Frau, Julia, lächelt zögerlich. Ihr Blick geht an mir vorbei zu Jordan, der auf meiner anderen Seite steht und nickt. Als würde er bestätigen, was sie sagt.

Wir sind in der *Schatzkammer*. Einem Unternehmen, das sich auf Gewürzmischungen spezialisiert hat und das mithilfe der *Nero Investment Group* erfolgreich wurde. In unserem Meeting gestern haben uns Alex und Jordan verschiedene Start-ups vorgestellt, die sich ihrer Meinung nach perfekt für die Kampagne eignen. Mit diesen werden wir Videos für eine Social Media Kampagne drehen, Fotos machen und Interviews führen. Heute geht es zunächst um einen ersten Eindruck, die eigentliche Arbeit fängt nach Weihnachten an.

»Woher beziehen Sie die Gewürze?«, frage ich und mache ein paar Schritte zur Seite. Weg von Cedrik und Jordan, deren testosterongesteuertes Gehabe mich heute Morgen in den Wahnsinn treibt.

Wieder sieht Julia zu Jordan und ich werde den Eindruck nicht los, dass er sie maßlos verunsichert. »Das ist unterschiedlich. Zum Teil aus Mittelamerika, aber auch aus Chile, Brasilien und aus anderen Bundesstaaten der USA.«

»Und die Gewürzmischungen vertreiben Sie überwiegend online?«, erkundigt sich Cedrik und begutachtet die bunten Metalldosen, in denen sich die verschiedenen Mischungen der *Schatzkammer* befinden.

»Ja.«

Ich lasse die drei allein und gehe neugierig in einen angrenzenden Raum. Hier stapeln sich Kisten in Regalen, Stoffsäcke liegen auf dem Boden und leere Metalldosen für die Abfüllung sind fein säuberlich in einer Ecke gestapelt. Es ist beeindruckend, was Julia mit ihrem Ehemann hier aufgebaut hat. Und ich verstehe auch, warum uns Jordan heute Morgen hierher gebracht hat. Ein erfolgreiches, sympathisches Start-up – perfekt für die Kampagne. Dennoch macht mich irgendetwas stutzig. Vielleicht ist es der unsichere Blick, den die junge Unternehmerin immer wieder zu Jordan wirft, vielleicht auch, dass die Räumlichkeiten viel zu klein sind und ich außer Julia und ihrem Mann keinen weiteren Mitarbeiter gesehen habe.

»Zoe?«

Überrascht drehe ich mich herum. Hinter mir steht Julia.

»Ich schaue mir nur Ihr Lager an«, rechtfertige ich meine Neugier. »Es ist wirklich toll, was Sie sich aufgebaut haben.« Schiebe ich noch hinterher, weil ich höflich sein möchte. Und weil es auch stimmt.

»Ja.« Sie wirkt noch verunsicherter als vor wenigen Minuten. »Kann ich kurz mit Ihnen sprechen?«

»Sicher!« Das Gefühl, dass hier irgendetwas nicht stimmt, wird immer dringlicher. Die junge Frau geht weiter in den Raum hinein, sodass sie außer Sichtweite von Cedrik und Jordan ist, die sich im Vorraum leise unterhalten.

»Jordan hat uns informiert, dass Sie eine große Marketingkampagne für die *Nero Investment Group* machen werden.«

»Richtig«, stimme ich ihr zu. »Wir wollen auch andere Start-ups auf die Group aufmerksam machen, damit noch mehr Personen die Chance bekommen, ihre Ideen zu verwirklichen.«

Ein merkwürdiger Ausdruck huscht über ihr Gesicht. Statt mir zu antworten, beißt sie sich auf die Unterlippe und ich erkenne deutlich, dass sie mit sich kämpft. »Welche anderen Start-ups schauen Sie sich denn noch an?«, fragt sie schließlich.

»Wir wollen heute noch zu *Easy Ice*. Morgen Vormittag besuchen wir ein weiteres Start-up, bevor wir dann im neuen Jahr dann richtig durchstarten«, erkläre ich ihr lächelnd. Vermutlich hat sie einfach Angst, dass ihr Unternehmen neben den anderen Start-ups untergeht.

Julia nickt. Wieder wirkt sie in sich gekehrt, dann greift sie mit der Hand in ihre hintere Hosentasche.

Überrascht nehme ich den Zettel entgegen, den sie mir schließlich hinhält. »Hier, nehmen Sie das. Das sind Adressen von Start-ups, die die *Nero Investment Group* ebenfalls unterstützt hat.«

Zögerlich falte ich den Zettel auseinander und sehe fünf Anschriften darauf. »Ähm ... das ist nett, danke. Aber Jordan hat uns bereits Start-ups genannt und ich denke nicht, dass wir ...«

»Sie dürfen keine Kampagne für diese Firma machen.« Sie hat ihre Stimme merklich gesenkt und immer wieder huscht ein unsicherer Blick in Richtung Tür. Aber von Cedrik und Jordan ist nichts mehr zu hören oder zu sehen. »Sie hat uns nichts als Ärger gebracht. Sie zwingt uns, diese Kampagne mitzumachen, andernfalls sind wir ruiniert. Sind wir sowieso schon«, ergänzt sie resigniert.

»Was?« Ich muss mich verhört haben.

»Fahren Sie zu den Adressen. Schauen Sie es sich selbst an, wenn sie mir nicht glauben!« Ihr ängstlicher Blick wird eindringlich. Gehetzt.

»Zoe?« Cedrik.

Julia versteift sich, schaut mich ein letztes Mal auffordernd an, bevor sie ein unverbindliches Lächeln auf ihr Gesicht zaubert.

»Wir sind hier«, antwortet sie statt meiner.

Meine Hand schließt sich um den Zettel und unauffällig lasse ich ihn in meiner Manteltasche verschwinden.

»Wir sind fertig. Ich würde gerne weiter.« Cedrik erscheint am Türrahmen, hinter ihm Jordan, der Julia misstrauisch mustert. Er war mir gestern schon nicht sympathisch, wirkte aufgesetzt und übertrieben freundlich. Aber hat er Julia tatsächlich gezwungen, bei der Kampagne mitzumachen? Aus welchem Grund? Und was sind das für andere Start-ups, die auf ihrem Zettel stehen?

Am Abend kreisen meine Gedanken immer noch um den Zettel mit den Adressen. Ich habe zwischenzeitlich die Anschriften gegoogelt, auch die Namen überprüft, jedoch ohne viel zu finden. Nur zu einer Adresse, die ebenfalls in New York ist, konnte ich eine alte Website ausfindig machen. Ein kleines Unternehmen, das sich auf vegane Snacks spezialisiert hat. Allerdings ging aus der Website nicht hervor, ob es noch geöffnet ist.

»Was möchtest du?« Cedriks Frage reißt mich aus meinen Grübeleien und ich sehe erschrocken von der Speisekarte auf. Nach dem zweiten Besuch bei *Easy Ice*, einem Start-up, das Eiscreme aus Pulver für zuhause erfunden hat, haben wir uns von Jordan verabschiedet und sind in ein Burger-Restaurant gegangen. Ich habe den ganzen Tag kaum etwas gegessen und nach der letzten Nacht braucht mein Magen dringend etwas Substanzielles.

»Ich nehme einen Cheeseburger und eine Sprite«, lasse ich Cedrik verspätet wissen, der sich bereits erhoben hat und nun zur Bar durchdrängelt, um unsere Bestellung aufzugeben.

Ich folge ihm mit meinem Blick und kurz lenkt mich seine Gestalt von den Grübeleien um die *Nero Investment Group* ab. Ich habe Cedrik bisher nichts von dem Zettel erzählt. Er würde mich auslachen, wenn ich ihm davon berichte. Ihm ist dieser Auftrag wichtig, das hat er mehr als einmal deutlich betont. Und nach gestern Abend weiß ich auch, was dahinter steckt. Er steht unter gewaltigem Druck, seinem Vater zu beweisen, dass er die Firma führen kann. Dass er ebenso erfolgreich ist, wie dieser. Cedrik war gestern so offen und ehrlich wie noch nie mir gegenüber. Nicht, dass wir uns regelmäßig unsere innersten Ängste ausschütten, genaugenommen haben wir uns vor gut einer Woche das erste Mal seit 12 Jahren gesehen. Dennoch hat er mich überrascht. Und ich bin mir noch nicht sicher, wie ich das finden soll.

Fünf Minuten später ist Cedrik mit zwei Cheeseburgern zurück. Einen gibt er mir, bevor er in einem atemraubenden Tempo beginnt, seinen eigenen zu verschlingen. Unwillkürlich muss ich lächeln, als ich beobachte, wie er sich über sein Essen hermacht. Er wirkt sehr viel jünger dabei, fast wie der Junge, in den ich verliebt war. Oh nein, ganz falsche Richtung!

Cedrik hält inne, lässt seinen Burger sinken und legt den Kopf schief. »Du himmelst mich gerade an, oder?«

O Mann!

»Nein.« Meine Antwort verschwindet zwischen einer halben Kuh mit Käse und trockenem Brötchen.

Seine Mundwinkel zucken und in seinen Augen blitzt es schelmisch auf. Er weiß genau, was Sache ist. »Zoe, kann ich dich etwas fragen?«

»Klar«, antworte ich souverän zwischen zwei Bissen. Cedrik war ruhiger heute, nachdenklich. Und es lief beinahe harmonisch zwischen uns. Allerdings haben wir bisher auch mit keinem Wort über letzte Nacht gesprochen.

»Gestern Nacht, nachdem du mich auf mein Zimmer gebracht hast, lief da noch was?«

Ein Stück Brötchen kratzt in meiner Kehle, lässt mich husten und nach Luft hecheln. Tränen schießen mir in die Augen und verzweifelt versuche ich, wieder zu atmen. Mit letzter Kraft greife ich nach meinem Glas und nehme einen rettenden Schluck. Ich nutze den einen Moment, um die Tränen aus meinen Augen zu blinzeln, die nicht nur aufgrund des Brötchens plötzlich hervorgeschossen sind. Denn ich weiß nicht, was mich in diesem Moment mehr verletzt. Die Tatsache, dass er sich, wäre etwas zwischen uns passiert, nicht einmal erinnert, oder der panische Unterton in seiner Stimme. Meine Gefühle überfordern mich, pressen meinen Brustkorb zusammen, lassen mich erzittern. Denn mit einem Schlag ist mir klar, dass ich mir etwas vormache. Ich bin immer noch das kleine Mädchen vom Schulhof, das auf ein leises Zeichen der Zuneigung hofft. Und immer wieder aufs Neue enttäuscht wird.

Wer ist hier der Chef?

Cedrik

Donnerstag, 14. Dezember

»Nein, wir bleiben nicht über das Wochenende, ich bin morgen früh wieder zurück.«

Die Person am anderen Ende der Leitung sagt etwas. Zoe sieht zu mir und eine leichte Röte kriecht auf ihre Wangen.

»Ja. Dem geht es gut.«

Ich kann mir ein Grinsen nicht verkneifen, woraufhin Zoe mit den Augen rollt. Wir sitzen in einem Taxi in Richtung Hotel, nachdem wir uns heute Morgen gemeinsam mit Jordan ein drittes erfolgreiches Start-up angesehen haben. Zoe telefoniert seit zehn Minuten mit Tina. Zumindest vermute ich das, denn die schrille Stimme, die durch das Telefon bis zu mir dringt, klingt verdächtig nach meiner Mitarbeiterin.

»Nein, wir haben nicht …« Sie bricht ab, beißt sich auf ihre Lippen und wird knallrot.

Mmh. Was haben wir nicht?

Die Antwort durch das Telefon ist eindeutig. Und bringt mich zum Lachen.

»Oh, doch, wir haben miteinander geschlafen«, sage ich so laut, dass Tina es ganz sicher hört. »Zumindest haben wir geschlafen.«

Eine Faust boxt mich in die Seite.

Zoe verabschiedet sich mit kurzen Worten von ihrer Freundin und funkelt mich anschließend wütend an. »Was fällt dir ein?«

Gute Frage. Wenn ich eine Antwort darauf wüsste, wäre ich schon einen Schritt weiter. Aber seit Mittwochnacht weiß ich gar nichts mehr. Ich fühle mich seltsam befreit. Leicht, beinahe beschwingt. So, als wäre eine schwere Last von meinen Schultern genommen und das alles nur, weil ich Zoe im betrunkenen Zustand mein Herz ausgeschüttet habe.

»Hey, ich habe nur die Wahrheit gesagt.«

»Wir haben geschlafen, Cedrik! Zu mehr wärst du nach deinem Alkoholkonsum auch nicht in der Lage gewesen.«

»Unterschätze mich nicht«, raune ich in ihre Richtung und stelle amüsiert fest, wie eine leichte Röte auf ihre Wangen kriecht.

»Arschloch!«, patzt Zoe zurück und wendet sich ab. Sie ist sauer. Und nach meiner wenig feinfühligen Frage gestern, ob etwas zwischen uns gelaufen sei, wovon ich nichts mehr weiß, wundert mich das auch nicht. Aber, sorry, das ganze Bett hat nach ihr gerochen, als ich aufgewacht bin, da darf man doch bitte nachfragen.

Mir entweicht dennoch ein ergebener Seufzer. Ich habe den Bogen überspannt, aber es macht einfach zu viel Spaß, Zoe zu ärger.

»Wie fandest du das Start-up heute Morgen?«, frage ich und werfe einen kurzen Blick aus dem Fenster. Matschige Schneeflocken kleben an der Scheibe, dahinter graue Hochhäuser, die kaum einen Blick auf den Himmel freilassen. Vorbeieilende Menschen mit Plastiktüten und Taschen hetzen über die Bürgersteige, mindestens die Hälfte von ihnen hat den Blick auf ein Smartphone in der Hand gerichtet. Das übliche Treiben einer Großstadt, dass den Einzelnen in der Masse verschwinden lässt.

»Interessant.«

Ich warte, dass sie ihre Aussage noch etwas ausführt, aber es kommt nicht mehr. Stirnrunzelnd drehe ich mich zu ihr. Auf ihrer Stirn entdecke ich mehrere kleine Falten und ihre Augen starren auf ihre verkrampften Hände.

»Hattest du nicht auch den Eindruck, dass sich das alles zu gut zusammenfügt?«, bricht es plötzlich aus ihr heraus und der forsche Blick aus ihren grünen Augen wirft mich beinahe um. Eine Sekunde bleibe ich daran hängen, vergesse, was sie gesagt hat, bis ein warmes Gefühl durch meinen Körper kribbelt. Fuck, was ist das denn?

»Wie meinst du das?« Abrupt reiße ich mich los, sehe auf die grauen Bezüge der Autositze.

»Ich hatte einfach das Gefühl, als würden die drei Start-ups die *Nero Investment Group* zu sehr loben. Als wäre alles, was sie uns sagen, ein wenig gekünstelt. Außerdem finde ich Jordan unsympathisch.«

»Dir ist schon klar, dass er dein neuer Chef ist, wenn du den Job annimmst?« Darüber haben wir bisher nicht gesprochen.

»Darum geht es jetzt nicht. Hörst du mir überhaupt zu?« Vor lauter Wut bekommt sie rote Flecken auf ihren Wangen und das Grün ihrer Augen wird dunkler. Ob sie auch so aussehen, wenn sie Sex hat?

»Cedrik!«

»Ja!«, brülle ich so laut, dass mir der Taxifahrer einen misstrauischen Blick über den Rückspiegel zuwirft. Konzentrier dich, Mann! Es geht hier um das Geschäft! Aber Zoe hat irgendetwas mit mir am Mittwochabend gemacht. Irgendetwas, das mich wahnsinnig macht, das mich nicht mehr klar denken lässt. Das plötzlich ein warmes Kribbeln in meinem Körper hervorruft, wenn sie in meiner Nähe ist. Fuck! Ich muss diese Frau so schnell es geht vögeln, dann hören auch diese schwachsinnigen Gefühle auf.

»Ja, ich fand es auch zu stimmig«, gebe ich verzögert zu.

Zoe mustert mich skeptisch. So als würde sie sich fragen, ob ich noch zurechnungsfähig wäre. Was ich seit einer Woche nicht mehr bin. Zumindest fühle ich mich nicht so.

»Jordan ist ein Arschloch«, beginne ich und schiebe gedanklich alles andere als diesen Auftrag aus meinem Kopf. »Die Start-ups, die wir uns angeschaut haben, waren großartig. Gute Ideen, nette Leute. Aber die Zahlen haben vorne und hinten nicht gestimmt. Max hat für mich ein wenig recherchiert und herausgefunden, dass der Absatz, den die Start-ups generieren, niemals langt, um Gewinn zu machen.« Wie zur Hölle Max das herausgefunden hat, will ich gar nicht wissen. Aber ich vertraue meinem Kumpel. Vor allem, nachdem ich weiß, dass er nicht mit Zoe geschlafen hat. Beste Freunde erzählen sich so etwas untereinander.

Zoes Augen werden kugelrund. »Und das sagst du mir nicht?«

»Das wollte ich noch«, verteidige ich mich abwehrend.

Das Taxi hält an, wir sind vor unserem Hotel angekommen. Schweigend steigen wir beide aus, nachdem ich bezahlt habe. Ich bin schon fast im Foyer, als mich Zoe am Arm festhält.

»Julia«, beginnt sie zögerlich. »Die Inhaberin aus der *Schatzkammer* meinte zu mir, dass wir die Kampagne auf gar keinen Fall machen dürften. Die *Nero Investment Group* hätte sie gezwungen bei der Kampagne dabei zu sein, sonst wären sie ruiniert. Sie hat mir eine Liste gegeben.« Sie kramt in ihrer riesigen Handtasche herum und zieht einen kleinen weißen Zettel hervor. »Das hier sind Adressen von anderen Start-ups, die die *Nero Investment Group* ebenfalls finanziert hat.«

»Und?« Nervosität packt mich. Ich werde unruhig. Ja, ich hatte ein schlechtes Gefühl bei der ganzen Sache. Wenn ich ehrlich bin, von Anfang an. Aber dieser Zettel mit anderen Unternehmen ist haarsträubend.

»Ich will, dass wir dahinfahren.«

»Um was zu beweisen?«, frage ich kopfschüttelnd. In drei Stunden geht unser Flug. Ich habe noch einen Arsch voll Arbeit, mal ganz abgesehen davon, dass mein Vater zuhause auf mich wartet. Und dem kann ich keine Story von ominösen Zetteln erzählen.

»Dass hier irgendetwas nicht stimmt. Das erste Unternehmen auf der Liste sitzt auch hier in New York. Wir können hinfahren, es uns ansehen, und wenn alles gut ist, heute noch fliegen.«

»Nein.« Es ist Irrsinn. Auch wenn mir ein dumpfes Gefühl sagt, dass ich aus dieser Nummer nicht mehr herauskomme.

»Warum nicht? Was hast du zu verlieren?«

Sie kann es nicht wissen. Ich habe es ihr nicht gesagt. Aber eine Sache stört mich an diesem ganzen Projekt am allermeisten und das ist mein Vater. Warum kam dieser Auftrag direkt über ihn herein, anstatt durch eine normale Ausschreibung? Warum konnte ich in Brunners Unterlagen nichts über die *Nero Investment Group* finden? Und warum zur Hölle kennt Jordan ihn persönlich und mein Vater sagt es mir nicht?

Endlich ist mein Vater stolz auf mich, zufrieden mit dem, was ich tue. Ich kann diesen Auftrag nicht vermasseln, egal, wie merkwürdig mir das Ganze erscheint. Wir können Zoes Vermutung nicht nachgehen, ich will es nicht, weil ich Angst habe vor dem, was ich finden könnte.

»Ich fahre.« Ihre Augen blitzen mich entschlossen an. »Entweder kommst du mit, oder du lässt es. Aber ich will wissen, was dahintersteckt.«

Mein Brustkorb wird zusammengequetscht und ich habe Mühe, den nächsten Atemzug zu tun. Das kann einfach nicht wahr sein!

»Bist du sicher, dass die Adresse stimmt?«, frage ich bestimmt zum dritten Mal.

Zoe rollt mit den Augen und streicht sich eine Schneeflocke aus dem Gesicht. »Ja.«

Wir stehen vor einem heruntergekommenen Laden mit einem großen Schaufenster, in dem in den letzten Wochen sicher keine Snacks produziert worden sind. Über einer Tür hängt ein Schild mit der Aufschrift *Veggie & Vegan Imbiss*. Doch ein Blick durch das Schaufenster zeigt einen verlassenen Laden, der außer ein paar leere Stühlen und Tischen niemanden mehr beherbergt.

»Hier ist nichts mehr.« Stelle ich das Offensichtliche fest.

»Es ist aber die erste Adresse auf Julias Liste.« Zoe hält mir den Zettel vor die Nase, als würde das verdammte Stück Papier etwas an der Situation ändern.

Es war ein Fehler, mit ihr herzukommen. Es war ein Fehler, sich auf diese vage Vermutung einzulassen. Aber jetzt stehen wir vor einem verlassenen Laden, in dem nichts und niemand mehr ist.

»Vielleicht ist das überhaupt kein Start-up, das die Investment Group finanziert hat. Sondern einfach nur eine gescheiterte Imbissbude?« So leicht lasse ich mich nicht blenden.

Zoe schweigt. Sie zieht ihre Unterlippe zwischen die Zähne und kaut darauf herum. Kurz bin ich abgelenkt, mein Blick ist gefangen von ihren roten Lippen, die ich plötzlich mit völlig anderen Dingen assoziiere, aber dann holt mich die Realität wieder ein.

»Möglich«, gibt Zoe zu. »Aber warum sollte Julia uns dann warnen? Was hätte sie davon, wenn wir die Kampagne nicht machen? Ganz im Gegenteil, ihr käme das sogar zugute.«

»Vielleicht hatte sie einfach einen schlechten Tag. Oder sie hat persönlich etwas gegen Jordan, was ich ihr nicht verdenken kann.«

»Oder es stimmt doch etwas nicht.« Entschlossenheit steht in Zoes Augen, aus denen sie mich jetzt eindringlich mustert. Und ich weiß in diesem Moment, dass, egal was ich sage, sie ihren Kopf durchsetzen wird. Wann genau haben wir eigentlich die Rollen getauscht? Bin nicht ich hier der Chef, der sagt, wo es lang geht?

»Zoe, unser Flug geht in weniger als zwei Stunden. Wir müssen zum Flughafen, wenn wir morgen wieder in Deutschland sein wollen.« Das Schneetreiben um uns herum ist stärker geworden und die Kälte lässt mich langsam frösteln. Wir sollten sowas von dringend zum Flughafen zurück!

»Oder wir fahren zu noch einer Adresse. Und schauen, ob wir da mehr herausbekommen.«

»Nein.«

Sie steht so dicht vor mir, dass mir ihr Geruch nach Zimt wieder in die Nase steigt. Aber davon lasse ich mich diesmal nicht beeindrucken. Ich ziehe meine Augenbrauen zusammen, funkle auf sie nieder und strotze nur so vor Autorität. Wir müssen nach Hause.

»Willst du denn gar nicht wissen, was dahinter steckt? Willst du wirklich eine Kampagne für ein Unternehmen machen, das am Ende korrupt ist? Julia sagt, sie haben sie ruiniert. Und hier stehen wir vor einem geschlossenen Laden. Irgendetwas stimmt hier nicht, Cedrik!«

»Nein.« Meine Stimme klingt hart. Entschlossen.

Das Grün in Zoes Augen wird dunkler, funkelt mich zornig an. Wie eine dunkle Tanne, deren Zweige im Wind toben.

»Ist es wegen deines Vaters?«

Ich zucke zusammen. Nein! Nein. Nein. Nein.

»Ich weiß, dass dieser Auftrag wichtig für dich ist, Cedrik. Ich weiß, dass du ihm damit zeigen willst, dass du erfolgreich bist. Aber gerade deshalb sollten wir der Sache nachgehen.«

Ihre Stimme ist leise, hat etwas Schmeichelhaftes und trifft mich tief in meinem Inneren. Zoe weiß genau, wie es in mir aussieht. Sie kennt meine Ängste, meinen Ehrgeiz, meinen Stolz. Warum habe ich ihr nur so viel erzählt?

»Also gut«, sage ich ergeben, weil ich kaum noch klar denken kann. In mir ist Angst, Widerwillen, Trotz, aber vor allem auch die Gewissheit, dass ich einen großen Fehler mache. Ganz egal, wie diese Geschichte ausgeht. »Wo müssen wir hin? Wenn es schnell geht, können wir den nächsten Flieger nehmen und kommen morgen halt etwas später zu Hause an.«

Zoe presst kurz die Lippen zusammen. »Das nächste Start-up ist nicht in New York. Es ist in Newfane.«

Meine Augenbrauen heben sich überrascht. »Wo zur Hölle liegt Newfane?«

Schneetreiben

Zoe

Freitag, 15. Dezember

Newfane liegt etwa 630 Kilometer nordwestlich von New York. Ein kleiner Ort in Vermont, in dem es im Dezember höchstens -5°C warm ist. Mit dem Flugzeug wäre es ein Klacks gewesen, dorthin zu kommen, doch da der Flughafen in New York aufgrund des schlechten Wetters den Betrieb eingestellt hat, haben wir uns kurzerhand ein Auto gemietet. In diesem sitzen wir nun seit gestern Abend, mit einer Unterbrechung über Nacht in einem kleinen Motel. Laut unserem Navigationsgerät sind es immer noch 243 km bis Newfane und jeder, der in den USA schon einmal mit dem Auto unterwegs war, weiß, dass sich die Strecken dort ziehen. Hinzu kommt, dass es seit gestern Mittag schneit. Weiße dicke Flocken, die gegen die Scheibe unseres kleinen Toyotas fliegen, schmelzen und schmutzige Schlieren zurücklassen.

Cedrik fährt, schweigend, nachdem er die letzten Stunden damit verbracht hat, mir zu erklären, wie unsinnig er die gesamte Aktion findet. Dennoch ist er mit mir unterwegs, so ganz geheuer kann ihm die *Nero Investment Group* also nicht sein.

Tina: Das wäre ja echt der Knaller!

Zoe: Allerdings! Auch wenn ich mir immer noch nicht vorstellen kann, was genau die Group getan haben soll.

Tina: Geld versprochen und keines geliefert?

Zoe: Sowas in die Richtung. Dann müssten wir sie anzeigen, oder?

Tina: Schon, denke ich.

Tina: Habt ihr eigentlich in einem Zimmer geschlafen?

Erschrocken zucke ich zusammen und starre ungläubig auf mein Handy. Dann rolle ich mit den Augen, weil meine Freundin es natürlich nicht lassen kann, nach Cedrik zu fragen.

Zoe: Nein. Jeder hatte sein eigenes.

Gott sei Dank! Es langt, dass wir in diesem kleinen Auto auf so engem Raum zusammen sitzen. Und sich Cedrik seit seiner kolossalen Frage nach Mittwochnacht merkwürdig benimmt. Zwischenzeitlich hatte ich fast den Eindruck, als flirte er mit mir. Und das ist etwas, was meine sowieso schon chaotischen Gefühle noch mehr in Aufruhr bringt.

»O Mann, spielen die auch nochmal etwas anderes?« Cedrik flucht laut, greift zum Radio und verstellt den Sender. Statt *Jingle Bells Rock* dröhnt jetzt irgendein Popgedudel durch unser Auto.

»Hast du etwas gegen Weihnachten?«, frage ich überrascht angesichts seines Ausbruchs.

»Ich hasse Weihnachten!« Er sieht zu mir herüber, die Nase gerümpft, den Mund angewidert verzogen.

»Warum? Es ist doch eine schöne Zeit. All die Lichter, die besinnliche Musik, die Geschenke ...« Ich kuschele mich tiefer in meinen Sitz und ein verträumtes Lächeln schleicht sich in mein Gesicht. Dann fällt mir ein, dass ich dieses Jahr ohne Oliver feiern werde, allein mit meinen Eltern und die gute Laune verfliegt schlagartig. Stattdessen krampft sich mein Magen zusammen und Tränen schießen mir in die Augen. Ich sollte nicht an Oliver denken. Nie wieder!

»All der Kitsch, all die Personen, die in der Zeit vor Liebe überquellen ...«, entgegnet Cedrik ironisch, bricht aber plötzlich ab. »Ist alles in Ordnung?«

Ich beobachte die Schneeflocken. Wie sie an meiner Scheibe vorbeifliegen, ihren Weg finden zu der dicken, weißen Decke, die mittlerweile den Seitenstreifen bedeckt. »Ich musste nur gerade an meinen Ex-Freund denken«, gebe ich ehrlich zu und verteufele meine zittrige Stimme.

»Er ist ein Arsch!«

Einfach, platt, aber wahr. Ich beuge mich nach vorn, wühle in meiner Tasche nach einem Tempo. Mein Schnäuzen dröhnt laut durch das Auto und unterbricht *Tina Turner*, die gerade *Simply The Best* aus dem Radio schmettert.

»Es waren trotzdem sechs Jahre. Und wir hatten eine gemeinsame Zukunft geplant.« Warum genau rede ich schon wieder mit Cedrik über meine Beziehung?

»Du willst ihm doch nicht etwa vergeben?«

»Wie kommst du darauf?«

»Du klingst danach.«

Seine Hände krampfen um das Lenkrad und er flucht vernehmlich. Was weniger an unserem Gespräch, als an dem immer dichteren Schneetreiben liegt. Mittlerweile kann ich kaum mehr als hundert Meter weit sehen.

»Ich habe dir schon einmal gesagt, dass die Planung, die du im Kopf hast, überhaupt nicht zu dir passt. Du kannst viel mehr, als nur Hausfrau und Mutter zu sein. Oder meine Assistentin.«

Seine Worte machen mich sauer, wie schon damals im Aufzug. Denn sie werten meine Träume ab, geben ihnen einen fahlen Beigeschmack.

»Es ist nichts Schlechtes daran, Hausfrau und Mutter zu sein. Ganz im Gegenteil!«

Cedrik wirft mir einen kurzen Blick zu. Er strotzt vor Überheblichkeit, als würde er genau wissen, was gut für mich ist.

»Ist es auch nicht. Es passt nur einfach nicht zu dir.«

Das Gespräch beginnt mich zu nerven. Er tut es.

»Du bist clever, Zoe. Du kannst dich durchsetzen und anderen genau sagen, wo es lang geht. Du suchst für dein Leben doch einen ganz anderen Mann.«

»Jemanden wie dich, meinst du?« Ich bin wütend. Und sein besserwisserisches Getue geht mir mittlerweile richtig auf den Senkel. Als wäre er der einzige Mann, der wirklich wüsste, was gut für mich ist.

»Sicher nicht.« Cedrik lacht auf. Ein Lachen, das durch meinen Körper fährt und schmerzende Spuren hinterlässt. Oh, verdammt, Zoe, er ist dir mittlerweile viel wichtiger, als du zugeben willst.

»Fuck!«

Der Gurt schneidet in meine Jacke, ich werde nach vorn gerissen und greife mit den Händen erschrocken nach der Seitentür.

»Scheiße! So ein Mist, das darf doch einfach nicht wahr sein!«, schimpft Cedrik und haut wütend auf das Lenkrad.

Ich hebe meinen Blick und keuche erschrocken auf. Vor uns steht ein LKW quer auf der schneebedeckten Fahrbahn. Schneeflocken fallen unaufhörlich vom Himmel und haben bereits eine zentimeterdicke Decke auf dem Dach des Lasters gebildet.

»Was machen wir jetzt?« Meine Stimme fiept ein wenig.

Wir stehen Mitten in den USA.

Im Schneetreiben.

In einem winzigen Auto.

Allein.

Cedrik schließt frustriert die Augen. »Warten. Und hoffen, dass es heute noch weitergeht.«

»Im Auto?« Blöde Frage, wo denn sonst? Aber draußen ist es um die Null Grad kalt und der Schnee wird immer dichter. Vor meinem geistigen Auge steigen Horrorvisionen von uns beiden auf, erfroren irgendwo im Nirgendwo.

»So eine beschissene Idee«, wettert Cedrik los und seine Stimme überschlägt sich beinahe vor Wut. »Wie konnte ich mich auf so ein Hirngespinst einlassen? Ohne jeden Anhaltspunkt irgendeiner Adresse hinterherzufahren? Wir hätten nochmal mit Julia reden sollen, oder direkt mit Jordan.« Dafür ist es jetzt zu spät, aber ich unterlasse es, ihn darauf hinzuweisen.

»So eine Scheiße!« Er haut erneut auf das Lenkrad und fährt dann zu mir herum. »Mein ganzes Leben geht den Bach runter, seit du wieder aufgetaucht bist! Nichts läuft mehr richtig, ich habe Zoff mit Max wegen dir, ich trinke zu viel und weiß nicht mehr, was ich will. Und jetzt sitze ich in diesem bescheuerten kleinen Auto, mitten in diesem Schneesturm, obwohl ich eigentlich längst mit meinem Vater über die nächsten Schritte gesprochen haben sollte.«

Bitte?! Ich starre ihn an und kann einfach nicht glaube, was er eben gesagt hat. Die Situation zerrt an meinen Nerven, und dass Cedrik mir auch noch die Schuld an diesem Dilemma gibt, bringt das Fass zum Überlaufen.

»Sonst geht es dir aber noch gut, oder?«, brülle ich zurück und balle meine Hände zusammen, so wütend bin ich. »Was kann ich denn dafür, dass du Zoff mit Max hast? Oder dass die *Nero Investment Group* Dreck am Stecken hat? Oder dass du dich mit deinen einunddreißig Jahren immer noch nicht von deinem Vater emanzipiert hast?« Ich atme tief durch, hole Luft. Cedrik schaut mich verblüfft an, aber die Wut flackert weiter in seinen Augen. Ich lasse mich davon nicht beeindrucken. Keine

Minute länger bin ich der Fußabtreter für diesen egozentrischen Dreckskerl.

»Wir sitzen zusammen in diesem verdammten Schneesturm fest, Cedrik! Zusammen, denn ich sitze ebenfalls in diesem Auto, wie dir vermutlich aufgefallen ist. Stell dir vor, auch ich hatte etwas anderes geplant! Auch ich wäre jetzt lieber in Deutschland, als hier ausgerechnet mit dir festzusitzen. Aber du hast dein ganzes Leben immer nur an dich gedacht! Du lässt dich bedienen, du schreibst meine Hausaufgaben ab, du bist das Opfer in deiner Familie, das es dem Vater beweisen muss. Immer geht es nur um dich! Aber jetzt tut es das ausnahmsweise einmal nicht. Und ich bin es leid, mich von dir ausnutzen zu lassen. Ich habe nicht die Schuld an deinen Problemen! Dafür bist du ganz allein verantwortlich.«

Wow! Fünfzehn Jahre angestauter Wut und Frustration sind aus mir herausgebrochen. Aber es fühlt sich nicht besser an als vorher. Ganz im Gegenteil. Plötzlich könnte ich heulen, weil mir alles zu viel ist.

Cedrik starrt mich an. Vermutlich bin ich die erste Person in seinem Leben, die ihm einmal gehörig die Meinung gesagt hat. Dann verändert sich sein Blick. Die Wut verschwindet, was bleibt, ist Überraschung. Und ein Hauch Verletzbarkeit. Meine Worte haben ihn getroffen, das sehe ich ihm deutlich an. Dennoch antwortet er mir nicht, sondern wendet sich ab. Lässt mich allein mit meiner Verzweiflung, meiner Wut und dem Schmerz in meiner Brust, der mir klar und deutlich sagt, dass da so viel mehr ist, was ich Cedrik eigentlich sagen sollte.

Zwei Stunden später wird es langsam dunkel. Und es ist arschkalt. Meine Hände habe ich in meinem Schal verkrampft und meine Beine eng an mich gepresst, um den letzten Rest Wärme, der sich noch tapfer in meinem Körper hält, nicht zu verlieren. Der Laster steht immer noch vor uns. Und die Notdienstzentrale, die Cedrik zwischendurch informiert hat, hat uns mitgeteilt, dass sich vor morgen früh niemand durch den Sturm kämpfen wird.

»Ok. Wir fahren zurück und übernachten irgendwo«, gibt sich Cedrik endlich meinem Drängen geschlagen. Ich wäre ja schon vor einer Stunde aufgebrochen, aber Mr. Oberklug wusste natürlich wieder einmal alles besser. Er dreht den Schlüssel herum, der Motor springt an. Aber als er Gas geben will, drehen die Räder durch. Immerhin stehen wir hier seit zwei Stunden, eingehüllt in eine wattige Schneedecke.

Cedrik atmet einmal tief durch. Das alles zerrt deutlich mehr an seinen Nerven, als er zugeben will. Aber mir ist viel zu kalt und ich würde den Teufel tun, ausgerechnet ihm auch noch Mitleidbekundungen auszusprechen.

»Ich gehe raus, schieben. Du fährst.«

Widerwillig öffne ich die Tür, stolpre durch den Schnee an ihm vorbei, zurück ins Auto. Cedrik bleibt vor der Motorhaube stehen, stemmt sich dagegen und flucht so laut, dass ich ihn bis ins Wageninnere höre. Ich gebe Gas. Im zweiten Anlauf klappt es und ich fahre ein paar Meter, wende, bevor ich stehen bleibe und einen eingeschneiten Cedrik hereinlasse. Er trägt keine Mütze und auf seinen dunklen Haaren heben sich die Schnee-flocken deutlich ab.

»Fahr!«, sagt er kurzangebunden und schlingt die Ar-me um sich.

Unsicher sehe ich ihn an. Ihm muss mindestens so kalt sein wie mir. Ich stelle die Heizung auf die höchste Stufe und gebe Gas.

Eine halbe Stunde später verlassen wir den Highway und finden kurz darauf ein kleines Motel am Straßen-rand. In meinem ganzen Leben habe ich nie ein einla-denderes Motel-Schild gesehen, das in warmem Gelb in die dunkle Nacht hinaus leuchtet.

Eine ältere Dame sieht uns mitleidig entgegen, nach-dem wir uns aus dem Auto in ihre kleine Rezeption gekämpft haben.

»Haben Sie noch zwei Zimmer für die Nacht?«, frage ich freundlich und sehe mich kurz um. Das Motel wirkt überraschend familiär, getäfelte dunkle Holzwände, rote Vorhänge und ein Kamin in einer Ecke.

»Ein Zimmer habe ich noch, Liebes.«

Ein Zimmer. In einem Zimmer mit Cedrik. Das geht gar nicht. Doch dann sehe ich zu ihm, wie er nass und frierend vor dem Kamin steht. Und mich überschwemmt eine warme Welle an Mitgefühl. Mist! Der Kerl ist so ein Arschloch und dennoch kann ich nicht anders, als dass er mir leid tut. Einmal mehr verteufle ich mein Herz, das leider so gar nicht das macht, was mein Verstand sagt.

»Wir nehmen es.«

Die Dame händigt mir den Schlüssel aus und erklärt mir den Weg. Anschließend gehe ich zu Cedrik, fordere ihn auf, mir zu folgen. Als ich ihm erkläre, dass wir ein gemeinsames Zimmer haben, nickt er nur.

Das Zimmer ist klein und ebenso gemütlich eingerichtet, wie der Empfangsbereich. In einer Ecke steht ein runder Tisch, mit zwei Stühlen, eine Tür führt zu einem Bad und in der Mitte thront ein großes Doppelbett. Allein sein Anblick lässt mich hart schlucken und ein aufgeregtes Kribbeln flackert durch meinen Körper. Die Gewissheit, dass ich heute Nacht neben Cedrik liegen werde, macht mich nervös. Mehr, als es sollte.

»Ich gehe duschen.« Cedriks Worte holen mich aus meinen Gedanken. Er hat bereits seine Jacke über einen der Stühle gehängt und zieht in diesem Moment seinen Pullover aus.

»Ok.« Meine Stimme quietscht ein wenig, weil sich mein Hals augenblicklich wie zugeschnürt anfühlt. In Windeseile rennt ein heißer Schauer über meine Haut, mein Mund wird trocken, doch ich kann den Blick nicht abwenden. Cedrik ist schlank, muskulös, und seine nackten Arme spannen sich an, als er nach seiner Hose greift und auch diese auszieht. Sein Griff geht an seine Unterhose, als er plötzlich innehält und zu mir schaut.

Mein Herzschlag donnert in meiner Brust und hitziger Schweiß überzieht meinen Körper. Mein flacher Atem ist hektisch und dabei stehe ich immer noch erstarrt in meiner Winterjacke an Ort und Stelle.

Cedrik legt den Kopf schief und seine Mundwinkel zucken amüsiert. »Den Rest meines Körpers heben wir uns für ein anderes Mal auf.« Er zwinkert und verschwindet im Bad. Und ich stehe immer noch wie eingefroren mitten im Zimmer und versuche verzweifelt, wieder zur Besinnung zu kommen.

Reiß dich zusammen, Zoe!

Mit zittrigen Händen öffne ich meine Jacke, ziehe mich bis auf meinen Pullover und die Unterwäsche aus und lege mich ins Bett. Die Decke bis an die Nasenspitze gezogen. Ich werde heute Nacht kein Auge zubekommen.

Mein Herz trommelt immer noch wie wild, als Cedrik zurückkommt. Ich schaue nicht hin, will ihn nicht schon wieder halbnackt sehen, weil ich meinen sambatanzenden Hormonen nicht über den Weg traue. Die Decke wird angehoben und der Geruch nach herbem Shampoo dringt in meine Nase.

»Geht's dir gut?«

Eine einfache Frage. Die ehrliche Antwort würde Seite füllen.

»Ja.« Meine Stimme klingt gepresst.

»Zoe, ich weiß, dass das alles etwas merkwürdig ist.«

Ha! Die Untertreibung des Jahrtausends! Das hier ist nicht merkwürdig, das hier ist der schiere Wahnsinn. Oder zumindest einer meiner unerfüllten Jugendträume, für die ich mit fünfzehn Jahren vermutlich gemordet hätte. Heute fühle ich mich fast ein wenig überfordert.

Die Matratze bewegt sich. Ich nehme meinen ganzen Mut zusammen und sehe zu ihm hinüber. Cedrik liegt auf der Seite, sein Kopf in die Hand gestützt und sieht mich an. Seine Haare sind noch feucht und in seinen blaugrauen Augen spiegelt sich der Schein meiner Nachttischlampe. UND er trägt seine Pullover. Gott sei Dank!

»Ich hätte in meinem ganzen Leben nie gedacht, dass ich mit der Roten Zora einmal im Bett lande!« Seine Lachen hat etwas Befreiendes und nimmt der Situation die Spannung.

»Du sollst mich nicht so nennen.« Mit der Hand boxe ich ihn in die Schulter.

Er fängt sie auf und hält sie fest. Seine Finger fahren über meinen Handrücken, hinterlassen eine brennende Spur auf meiner Haut. Ich will sie wegziehen, sollte es dringend tun, aber ich kann nicht.

»Aber du warst damals auch echt komisch.« Ein amüsiertes Lächeln umspielt seine Mundwinkel.

»Ich war halt anders. Und dabei wollte ich immer so sein wie Lisa oder Susanne.«

»Wer?«, fragt er überrascht. Aber das belustigte Glitzern in seinen Augen verrät, dass er genau weiß, wer

Lisa und Susanne sind. »Warum warst du dann nicht so?«

Cedrik spielt immer noch mit meinen Fingern, nebenbei, als wäre es vollkommen normal, mich zu berühren. Ist es aber nicht. Und mein verwirrtes Gefühlsleben steigt gerade in die nächste Runde Achterbahnfahrt ein.

Als Antwort rümpfe ich die Nase. »Fragst du das ernsthaft? Susanne war hohl wie Brot und hat sich primär für Klamotten und Schminke interessiert.«

»Und für mich«, ergänzt Cedrik. »Wie auch du.«

Er sieht mir direkt in die Augen. Sturmgrau, peitschende Meereswogen, ein blauer Abgrund, über den ich nur zu gern springen würde. Alles, was ich noch wahrnehme, ist Cedriks Atem, der mir ins Gesicht schlägt, seine Finger, die sich unter den Ärmel meines Pullovers schieben, meine nackte Haut kitzeln, und seine verdammte Nähe, die mir eine ganz klare Botschaft sendet. Mein Verstand verabschiedet sich ins Nirwana und lässt mich hilflos zurück.

Plötzlich bricht Cedrik den Blickkontakt ab und dreht sich auf den Rücken. Er greift um meinen Arm und zieht mich einfach mit sich, sodass ich neben ihm liege, mein Kopf auf seiner Brust.

»Es tut mir leid wegen vorhin, Zoe!« Sein Herzschlag trommelt mindestens so schnell wie mein eigener an meinem Ohr. »Ich war unfair, denn natürlich weiß ich, dass du keine Schuld an dem Schneesturm hast. Oder an den Problemen mit meinem Vater. Aber es ist leichter, jemand anderem die Schuld zu geben, als sie bei sich selbst zu suchen.«

Ich bewege mich keinen Millimeter, kann es ehrlich gesagt auch gar nicht mehr. Dafür bin ich mir Cedriks Körper an meinem viel zu sehr bewusst.

»Es tut mir leid«, wiederholt er leise, während er mir mit seiner Hand über den Rücken streichelt.

Es ist die erste Entschuldigung, die ich von ihm bekomme. Die Allererste, seit ich ihn kenne. Und die vier kleinen Worte schießen durch meinen Verstand, heilen meine Wut und meinen Zorn auf ihn. Verzweifelt schließe ich die Augen. Meine Hand fährt nach oben, über sein Bein, seinen Bauch, bis Cedrik danach greift und sie festhält.

»Schlaf, Zoe!«

Er drückt mich fester an sich, hält mich in seinen Armen, und stiehlt endgültig mein Herz.

Von irritierenden Elchgeweihen

Cedrik

Samstag, 16. Dezember

Es ist merkwürdig, neben Zoe aufzuwachen. Und gleichzeitig ist es das nicht. Genaugenommen ist es sogar das erste Mal, dass ich neben ihr aufwache. Vorgestern Morgen hatte sie das Bett schon verlassen, heute liegt sie, mit verwuscheltem, rotem Haarschopf und geschlossenen Augen, auf dem Kissen neben mir.

Einen Moment lang beobachte ich sie. Ein warmes Gefühl durchfährt meinen Körper, aber es wühlt mich nicht auf, sondern beruhigt mich. Sie hat mir gestern die Meinung gesagt. In aller Deutlichkeit. Und wieder einmal hatte sie mit allem recht, wie schon letzte Woche im Aufzug. Aber statt wütend auf sie zu sein und mich abzuschotten, was meine typische Reaktion wäre, haben mich ihre Worte nachdenklich gemacht. Zoe ist mir ebenbürtig und mit ihrem Ausbruch gestern hat sie sich meinen Respekt erkämpft. Sie kennt mich, mit all meinen großen und kleinen Fehlern und anstatt mich in den Himmel zu heben, wie es so viele Frauen vor ihr getan haben, holt sie mich auf den Boden der Tatsachen zurück. Ich brauche sie, so viel habe ich mittlerweile begriffen. Ihre Stärke, ihre Hartnäckigkeit, ihren Trotz. Aber auch ihre Liebe und Offenheit anderen Menschen gegenüber. Nur wie ich damit umgehe, weiß ich noch nicht. Aber es macht mir Angst.

Zoe blinzelt und öffnet ihre Augen einen Spalt breit. Funkelndes Grün, wie eine Wiese im Sommer.

»Guten Morgen«, sage ich lächelnd und kann nicht verhindern, dass erneut eine warme Woge durch mich hindurch rauscht. Fuck, was macht sie nur mit mir?

»Guten Morgen«, murmelt sie verschlafen. »Wie spät ist es?«

Ich werfe einen Blick auf mein Smartphone, auf dem neben der Uhrzeit Unmengen ungelesener Nachrichten aufleuchten.

»Scheiße, schon kurz nach zehn!«

Zoe fährt erschrocken hoch. Ich muss ein Lachen unterdrücken, weil ihre roten Haare wie wild vom Kopf abstehen und sie vollkommen verdattert dreinschaut. Und im nächsten Moment würde ich sie am liebsten an mich reißen und sie um den Verstand küssen, weil eine Welle ihres verdammten Zimtduftes zu mir herüberschwappt und meine Vernunft endgültig außer Kraft setzt.

»Wir sollten los!« Ich wende mich abrupt ab, fliehe fast aus dem Bett. Ich brauche Abstand zu ihr, dringend! Sonst mache ich noch einen unüberlegten Fehler.

Eine Stunde später sind wir wieder auf dem Highway. Der Winterräumdienst hat über Nacht ganze Arbeit geleistet, sodass uns kein liegengebliebener LKW und keine Schneeverwehung mehr aufhalten. Es hat aufgehört zu schneien und die Sonne strahlt fröhlich vom Himmel. Ein wunderschöner Wintertag, der fast den Anschein erweckt, als sei alles in Ordnung. Was ganz und gar nicht so ist.

»Wenn alles klappt, können wir heute Nachmittag den Rückweg nach New York antreten. Dann sind wir morgen im Flieger und am Montag früh wieder in Deutschland. Und ich hätte zumindest nur das Wochenende verloren«, fasse ich die Situation zusammen, die mir immer mehr auf die Nerven geht. Ich hätte mich nie darauf einlassen sollen, nach Newfane zu fahren. Vermutlich werden wir auch hier nichts finden und ich komme meinem Vater gegenüber immer mehr in Erklärungsnot.

»Ja«, stimmt Zoe mir zu, während sie konzentriert auf ihrem Handy herumtippt. »Die Adresse führt uns zu einer kleinen Firma, die sich auf beheizbare Kleidung spezialisiert hat. Die bieten Mützen an, in die elektronische Heizkissen eingenäht sind.«

»Wenn ich mir die aktuellen Temperaturen anschauen, ist das mit Sicherheit eine ertragreiche Idee.« Es ist immer noch eiskalt draußen, wenn man dem Temperaturmessgerät unseres Toyotas glauben darf -8°C.

»Wie weit ist es noch?«, fragt Zoe, ihr Handy immer noch in der Hand. Gerade schnaubt sie empört und beginnt hektisch zu tippen.

»Wir sind in zehn Minuten da. Wem schreibst du?«
Nicht, dass es mich etwas anginge. Aber es interessiert
mich.

»Max.«

»Was?«

Sie sieht zu mir, aber ihr Blick ist nicht amüsiert oder
ertappt. Sie mustert mich abschätzend.

»Was will er?« Max hat mir geschworen, dass nichts
zwischen ihnen lief. Was also will er jetzt noch von
Zoe?

»Er will wissen, wie du dich schlägst.« Mmh. In Be-
zug auf was? Den Auftrag? Zoe? Oder die gesamte Situation?

»Und, wie schlage ich mich?« Ich lasse bewusst offen,
worauf sich die Frage bezieht, allerdings verrät es mir
Zoes Reaktion sofort. Wieder schleicht sich eine leichte
Röte auf ihre Wangen und in ihrem Blick erkenne ich
deutlich die Unsicherheit, die ich auch gestern Nacht an
ihr erkannt habe.

»Beschissen«, antwortet sie schließlich und wendet
den Blick ab.

Ich muss lächeln. Oh ja, sie ist bis über beide Ohren
in mich verliebt. Vielleicht weiß sie es noch nicht, aber
ich bin mir sicher. Auf meinen Sensor, was verliebte
Frauen angeht, konnte ich mich schon immer verlassen.
Wieder breitet sich das warme Gefühl von heute Morgen in mir aus und kurz gelingt es mir, die Umstände
der Autofahrt zu verdrängen.

Bis wir das Ortschild von Newfane passieren und direkt auf der Hauptstraße in eine Absperrung fahren. Ein Polizist winkt uns an die Seite.

»Was ist denn hier los?«, frage ich ihn durch das offene Fenster.

»Sie können da nicht entlang fahren, wir haben schon abgesperrt. Heute findet die all jährliche *Holiday Light Up & Parade* statt«, antwortet er mir und die Begeisterung schwingt deutlich in seiner Stimme mit.

»Fuck, was?!« Vor lauter Wut schlage ich auf das Lenkrad des noch laufenden Wagens. Denn mein Gefühl sagt mir vor allem eines: Hier wird heute gar nichts klappen und ich sitze morgen sicher in keinem Flieger zurück nach Deutschland.

Warum zur Hölle habe ich eigentlich immer recht?

Als wir vor dem kleinen Laden mit den beheizbaren Mützen ankommen, ist dieser geschlossen. Ein Klingelschild neben der Eingangstür weist den Ladenbesitzer als Jeff Miller aus, aber selbst nach energischem Sturmklingeln öffnet uns niemand. Na, Bravo!

Eine junge Frau mit einem etwa achtjährigen Jungen an der Hand tritt aus der Haustür des Nachbarhauses und mustert uns argwöhnisch.

»Kann ich Ihnen helfen?«, fragt sie übertrieben freundlich und kommt ein paar Schritte auf uns zu.

»Wir möchten zu Jeff Miller.« Zoe kommt mir zuvor. Besser so, in meiner aktuellen Verfassung hätte ich die Dame vermutlich angeschnauzt.

»Oh, da haben Sie leider Pech. Heute findet die *Holiday Light Up & Parade* in Newfane statt und Jeff hat eine ... wichtige Aufgabe.« Sie wirft ihrem Sohn einen bedeutsamen Blick zu, der mittlerweile unruhig an ihrer Hand zerrt.

Ich verstehe nur Bahnhof.

»Kommen Sie morgen wieder«, ergänzt die junge Frau. »Der Laden hat zwar geschlossen, aber Jeff ist sicherlich trotzdem da. Sorry, ich muss los, die Parade fängt gleich an.« Sie lächelt entschuldigend und verschwindet mit schnellen Schritten die Straße entlang.

»So ein Mist!«, fluche ich ungehalten.

»Was machen wir jetzt?« Zoe sieht mich unsicher an. Sie wartet auf einen weiteren Ausbruch von mir und die Tatsache, dass sie ursprünglich auf diese Schnapsidee kam, lässt mich erneut rot sehen.

»Was denkst du denn? Wir werden hier übernachten müssen, vorausgesetzt, in diesem beschissenen Kaff gibt es irgendwo noch ein freies Hotelzimmer«, fahre ich sie an. Meine Wut findet in diesem Moment kein anderes Ziel als Zoe, auch wenn ich mich schon wieder benehme wie ein Vollarsch.

»Brüll' mich nicht an.« Sie spricht bewusst langsam und leise.

Ich atme einmal tief durch, zwinge meine aufgeregten Gefühle zur Ruhe. Zoe kann nichts dafür, dass Jeff nicht da ist. Oder für den Schneesturm oder den LKW, der uns aufgehalten hat. Und sie kann auch nichts dafür, dass die *Nero Investment Group* in linke Geschäfte verstrickt ist. Oder dass ich mein Gefühlsleben nicht in den Griff bekomme. Fuck!

»Lass uns ein Hotel suchen und dann diese bescheuerte Parade ansehen, wenn wir schon einmal hier sind.« Das ist ein mehr als großzügiges Zugeständnis meinerseits, das sollte ihr bewusst sein.

Sie strahlt mich aus glänzenden Augen an, als hätte ich ihr gerade das tollste Geschenk der Welt gemacht. Und in meinem Bauch explodiert etwas. Ich brauche einen Moment, um zu begreifen, was es ist. Glück.

Scheiße!

Ich bin am Arsch.

Eine halbe Stunde später bin ich in meinem ganz persönlichen Weihnachtshorror angekommen. Kreischende Elfen tanzen an uns vorbei, gefolgt von bunten Weihnachtswichteln und dem eigentlichen Highlight der Parade: Einem festlich geschmückten Wagen, auf dessen Mitte ein als Santa Claus verkleideter Mann sitzt. Jeff Miller, wie uns eine Zuschauerin verraten hat, der Inhaber des Ladens, den wir so dringend sprechen müssen. Jetzt ist mir auch klar, was für eine *wichtige* Aufgabe er heute hat.

Wir stehen inmitten von begeisterten Zuschauern am Straßenrand. Kinder laufen aufgeregt umher, verfolgen mit leuchtenden Augen das Geschehen, während die Erwachsenen mit Tassen in der Hand die festliche Stimmung begießen. Und ich? Ich will einfach nur noch weg.

»Ist das nicht toll?«, quietscht Zoe neben mir. Sie hopst wie ein kleines Mädchen aufgeregt herum, ihre Wangen sind vor Aufregung gerötet und aus ihren roten Locken ragt ein blinkendes Elchgeweih.

»Große klasse!« Meine Stimme trieft vor Sarkasmus.

»Hey, hab dich nicht so!« Sie knufft mich in die Seite, was meine Laune keinen Millimeter hebt. »Wir können heute sowieso nichts mehr erreichen, also lass uns den Tag genießen. Ich wollte schon immer einmal eine Weihnachtsparade sehen.«

Mir entfährt ein tiefes Seufzen. »Womit habe ich das verdient?« Meine Stimme klingt resigniert. Es ist Zeit, mit dem Trinken anzufangen, dann wird das alles hier vielleicht halbwegs erträglich.

»Cedrik?« Zoe hüpft nicht mehr. Stattdessen steht sie vor mir und sieht zu mir hoch. »Danke!«

»Wofür?«

Das Blinken ihres Elchgeweihs irritiert mich, daher bemerke ich ihre Bewegung erst, als sie die Arme um mich schlingt.

»Dafür, dass wir hier sind, dass du mir geglaubt hast. Egal, was morgen herauskommen wird.«

Wow, wo kommt das denn auf einmal her? Mir liegt ein flapsiger Spruch auf den Lippen, aber als ich den Blick senke und in ihre Augen sehe, verschlägt es mir die Sprache.

Wir stehen immer noch inmitten von jubelnden Menschen, ein gängiges Weihnachtslied dröhnt über uns hinweg, aber plötzlich sind wir nur noch wir beide. Ich sehe sie an, in ihre funkelgrünen Augen und bin mir ihrer Nähe mehr als deutlich bewusst. Und dann entscheide ich mich, einfach alles zu vergessen. Diese bescheuerte Parade, den verkackten Auftrag, die unsinnige Suche nach Unstimmigkeiten bei der *Nero Investment Group*, meinen Vater. Ich ziehe Zoe enger an mich und presse meine Lippen auf ihre.

Santa Claus

Zoe

Sonntag, 17. Dezember

»Bereit?«, frage ich Cedrik, als ich meine Hand auf das Klingelschild zu Jeff Millers Laden lege.

»Warte!« Er greift nach meiner Hand und zieht mich zu sich.

Allein seine Berührung schickt Stromstöße durch meinen Körper und augenblicklich stürmen meine aufgeregten Gefühle durcheinander. Es ist nicht normal, dass Cedrik mich einfach so berührt. Und wie er sich mir gegenüber seit gestern Nachmittag benimmt, ist erst recht außergewöhnlich. Seit unserem Kuss kann ich nicht mehr klar denken.

Cedrik und ich.

Ich und Cedrik.

Ich verstehe nicht, warum er mich plötzlich küsst. Warum er mir plötzlich nahe sein will, mich an sich zieht, mit mir in seinen Armen einschläft. Und wieder aufwacht. Meine Gefühle sind vollkommen außer Kontrolle und mein Herz, das sich Hals über Kopf in ihn verliebt hat, weiß jetzt bereits, dass ich ihn verlieren werde. Denn Cedrik und ich, das ist so abwegig wie ein Schneesturm im Sommer.

Dennoch folge ich seiner Umarmung, lasse zu, dass er mich an sich zieht und hebe meinen Kopf in seine Richtung. Mein Verstand sagt mir, dass ich vorsichtig sein sollte, dass ich seinen unverhofften Liebesbekundungen nicht trauen darf – aber ich ignoriere ihn gekonnt. Jeden einzelnen Moment, indem Cedrik mir nahe ist, will ich voll und ganz genießen.

»Ja?«

Verdammt! Ich klinge wie ein williges Frauchen, das nur darauf wartet, erneut geküsst zu werden.

»Zoe, ich ...« Cedrik runzelt die Stirn und über sein Gesicht huscht ein Ausdruck, der mich irritiert. Traurigkeit und ein Hauch Verzweiflung. »Egal, was Jeff uns erzähl, versprich mir, dass du mit niemandem darüber sprichst.«

Ich liege immer noch in seinen Armen und Cedrik macht auch keine Anstalten, mich loszulassen. Aber seine Worte passen überhaupt nicht zu der Situation, dass ich ein wenig von ihm abrücke.

»Wir wissen doch noch gar nicht, was Jeff uns erzählt. Vielleicht haben wir uns ja auch geirrt und an Julias Behauptungen, die *Nero Investment Group* würde sie ruinieren, ist nichts dran. Immerhin scheint Jeff seinen Laden ja noch zu haben.«

Cedrik schenkt mir ein schmales Lächeln. Ich merke deutlich, dass mehr in ihm vorgeht, als er mir sagen will. Und ich kann nur ahnen, worum es geht.

»Wenn wir Julia nicht geglaubt hätten, wären wir beiden nicht hier«, sagt er schließlich.

Wenn ich nicht so hartnäckig gewesen wäre, korrigiere ich ihn gedanklich. Dennoch, er hat mir geglaubt und vertraut, daher beschließe ich, ihm dieses Vertrauen zurückzugeben.

»Ok, Cedrik. Ich werde nichts sagen, versprochen.«

Diesmal ist sein Lächeln echt.

»Danke!«

Er zieht mich noch einmal an sich und als ich meinen Kopf diesmal hebe, küsst er mich. Warme Lippen legen sich auf meine, fahren knabbernd über meine Haut und necken mich, bis mir ein leises Stöhnen entfährt. Cedrik nutzt den Moment, um den Kuss zu vertiefen. In meinem Bauch explodiert ein Feuerwerk und binnen eines Wimpernschlages brennt ein heißes Verlangen durch mich hindurch. Oh, verdammt, ich will mehr. So viel mehr!

Doch Cedrik löst sich langsam von mir und gibt mir die Chance, wieder zu Atem zu kommen. Seine graublauen Augen funkeln wie dunkle Sterne und vor mir eröffnet sich ein Abgrund aus Leidenschaft, Angst und Einsamkeit.

»Wir sollten reingehen.« Seine Stimme ist rau und sein heißer Atem schlägt mir ins Gesicht. Einen Augenblick vergesse ich, was ich sagen wollte, und überlege, ob wir nicht doch weiterknutschen sollten. Es wäre so viel einfacher.

»Wovor hast du Angst?«, wispere ich, weil in seinen Augen immer noch die unterdrückte Panik flackert.

Eine Sekunde später ist sie verschwunden. Stattdessen legt sich eine arrogante Maske auf seine Züge und er verschließt sich vor mir.

»Red' keinen Quatsch, Zora!«

O Mann! Ich kann nicht glauben, dass wir eben noch geknutscht haben. Mein Herz stolpert kurz, als wolle es mir sagen, dass es mich gewarnt habe. Aber ich beachte es nicht, ebenso wenig die leise Enttäuschung, die über mich hinweg flutet.

»Lass uns reingehen.« Ich trete einen Schritt zurück und ein kalter Windhauch fegt zwischen uns hindurch. Ich hätte mich niemals auf ihn einlassen dürfen!

»Zoe!« Cedrik hält mich zurück. »Es tut mir leid. Ich bin nur ein wenig nervös. Du weißt, wie wichtig der Auftrag für mich ist.«

Ich murmle eine unbestimmte Antwort, schenke ihm dann aber doch ein aufmunterndes Lächeln. Ja, ich weiß, wie wichtig das alles für ihn ist.

Jeff Miller ist großgewachsener Mann mit blonden Haaren und blauen Augen. Und einem festen Händedruck. Ich schätze ihn auf Ende Dreißig und nach nur wenigen Worten ist klar, dass er sehr genau weiß, was er vom Leben will. Jeff hat ein klares Ziel und nichts und niemand – nicht einmal die *Nero Investment Group* – wird ihn aufhalten. Er ist mir auf Anhieb sympathisch.

»Sie wollen also eine Marketingkampagne für die *Nero Investment Group* machen und fragen mich, welche Erfahrungen ich mit der Group gemacht habe?«, fasst Jeff unsere Ausführungen zusammen. Der abschätzige Blick, den er uns dabei zuwirft, spricht Bände.

»Ja. Aus Recherchezwecken schauen wir uns Startups, die von der *Nero Investment Group* finanziert wurden, vor dem Beginn der Kampagne genauer an.« Den Teil mit Julias Warnung und unserer Vermutung, dass etwas an den Geschäften der Group nicht stimmt, habe ich bewusst nicht erwähnt. Sollte sich doch alles als Falschmeldung entpuppen, könnte das unangenehm werden.

»Und da fahren Sie bis nach Newfane? Gibt es in New York nicht genug Start-ups?«

»Wir wollen uns ein umfassendes Bild machen«, erklärt Cedrik, während er Wollmützen in einem Regal betrachtet. »Wie funktionieren das mit der Wärme? Ist da eine Batterie eingearbeitet?«

Jeffs Laden ist nicht sonderlich groß, aber da er seine Produkte vorwiegend online verkauft, ist das nicht überraschend. In den Regalen stapeln sich Mützen, Schales, Ponchos und Anoraks und in einer Ecke liegen sogar beheizte Socken.

»Ja, tatsächlich sind kleine Batterien in den Mützen. Aber deswegen sind Sie nicht hier, oder?«

Er sieht nicht zu mir, sondern zu Cedrik. Seine aufmerksamen blauen Augen mustern meinen ... Chef – über eine genaue Definition, was Cedrik eigentlich gerade für mich ist, mache ich mir JETZT keine Gedanken – eindringlich, dann legt sich Bitterkeit auf seine Züge.

»Die Zusammenarbeit mit der *Nero Investment Group* war der größte Fehler, den ich gemacht habe. Und er hätte mich fast mein Geschäft gekostet.«

»Warum?«, frage ich in die drückende Stille hinein, die seinen Worten folgt.

Cedrik legt die Mütze zurück ins Regal. Er wirkt angespannt und wieder habe ich den Eindruck, dass ihn etwas beschäftigt. Etwas, das weit über den Auftrag hinausgeht, etwas, das unausgesprochen zwischen den beiden Männern in der Luft liegt. Aber die beiden kennen sich nicht. Oder doch?

Jeff reißt seinen Blick von Cedrik los und wendet sich mir zu. »Die Group hat mir ein fantastisches Finanzierungsangebot gemacht, mit großartigen Konditionen, sodass ich zuschlagen musste. Allerdings musste ich dafür einen Großteil meines Geschäftes an sie übertragen. Kaum hatte ich den Vertrag unterschrieben, haben sie meine Unternehmenskonten geräumt. Und den Laden dicht gemacht.«

Wow! Die Information haut mich um. Dass etwas nicht stimmt, damit hatte ich gerechnet. Dass es allerdings so schlimm ist, nicht.

Cedrik stößt zischend die Luft aus und ballt die Hände. »Haben Sie dafür Beweise?«

Jeff runzelt die Stirn. Ihm passt es nicht, dass wir ihm nicht glauben. »Klar! Den Vertrag, meine Kontobücher.«

»Warum sind Sie nicht zur Polizei?« Es kann doch nicht sein, dass er so übers Ohr gehauen wird, ohne, dass irgendwer zur Rechenschaft gezogen wird.

»Glauben Sie mir, da war ich. Aber der Vertrag mit der *Nero Investment Group* war in Ordnung. Ich konnte nicht gegen sie vorgehen.«

»Das ist ja echt bodenlos!« In meinem Inneren beginnt es zu kochen, weil mir die arrogante Fratze von Jordan durch den Kopf schießt. Ja, ihm würde ich so eine Aktion zutrauen. Und es passt zu dem, was Julia mir gesagt hat. »Warum haben Sie Ihren Laden dann noch?«

»Warum ich nicht bankrott bin? Weil mir mein Bruder anschließend geholfen hat. Ein neuer Laden, ein neuer Name, ein neues Konzept. So leicht lasse ich mich nicht unterkriegen!«, antwortet er mir und Stolz schwingt in seiner Stimme mit. Ich gebe ihm recht, Jeff ist niemand, der so leicht aufgibt. Er kämpft. Andere haben es nicht, wie der Laden für vegane Snacks in New York.

»Aber ...«, Jeff zögert, fährt sich durch seine blonde Mähne. Dann sieht er zu Cedrik. »Es ist mehr als das.«

Ein Muskel an Cedriks Wange zuckt und mit einem Schlag ist die Anspannung im Raum zurück.

»Als die Nero Investment Bank zur Vertragsunterzeichnung hier war, war ein Mann dabei. Mitte Sechzig, blaue Augen. Ein Deutscher, wie Sie.«

Die Worte legen sich schwer über uns, doch ich verstehe nicht, warum. Bis ich zu Cedrik sehe, dessen Gesicht mittlerweile kalkweiß ist. Die Lippen hat er zusammengepresst, und wenn ich es nicht besser wüsste, würde ich sagen, er haut Jeff gleich eine rein.

»Danke!«, presst er stattdessen hervor. Mehr nicht. Keine weitere Frage, keine Erklärung.

Er flieht förmlich aus dem Laden, lässt Jeff und mich allein zurück. Sein Verhalten ist merkwürdig, unverschämt, immerhin hat Jeff sich extra für uns Zeit genommen. Daher verabschiede ich mich angemessen, bedanke mich für die Informationen und folge meinem Chef hinaus auf die Straße.

»Kannst du mir mal sagen, was mit dir los ist?«, fahre ich Cedrik an, der wie versteinert auf dem Bürgersteig steht. Erst seine überraschende Nähe, dann die Angst und jetzt das unmögliche Verhalten im Laden. Irgendwann langt es sogar mir mit seinen Gefühlsausbrüchen.

Er starrt auf einen unbestimmten Punkt die Straße entlang, sieht nicht zu mir, aber der Zorn, der in seinen Augen flackert, lässt mich hart schlucken.

»Der Mann, von dem Jeff eben gesprochen hat, Zoe, der Deutsche, der bei der Vertragsunterzeichung dabei war – das ist mein Vater.«

Entzaubert

Cedrik

Montag, 18. Dezember

Ich fühle mich leer. Und gleichzeitig bin ich so voller Gedanken und Wut, dass ich platzen könnte. Ich wusste, dass mein Vater in die Sache verwickelt ist. Aber dass es so tief geht, dass er ein Teil dieser beschissenen *Nero Investment Group* ist, oder zumindest deren dubioser Geschäfte, das überfordert sogar mich. Und es trifft mich. Härter als ich je gedacht hätte.

»Stimmt das?«, brülle ich Jordan an, der nicht einmal mit der Wimper zuckt.

Er nimmt sich in Seelenruhe seine Tasse Kaffee und trinkt einen Schluck. »Komm mal wieder runter, Mann!« Über das Siezen sind wir lange hinaus, spätestens als ich vor zehn Minuten wie ein testosterongeladener Bulle durch seine Tür gestürmt bin.

»Stimmt das?«, wiederhole ich meine Frage und gehe nicht auf seine Worte ein. Er hat mir gar nichts zu sagen, dieses Arschloch.

Jordan seufzt und lehnt sich in seinem Bürostuhl zurück. Er hat noch nicht einmal den Anstand so zu tun, als wäre er aufgebracht. »Ja, es stimmt.«

Das ist der Moment, in dem ich froh bin, dass Zoe nicht neben mir steht, sondern vor der Bürotür wartet. Denn Jordans Worte ziehen mir den Boden unter den Füßen weg.

»Wie viele?«

Jordan legt den Kopf schief, mustert mich von oben bis unten.

»Du bist deinem Vater sehr ähnlich, Cedrik. Robert hat dasselbe ungestüme Temperament, dieselbe Ungeduld. Frage ihn, wenn du mehr über unsere Geschäfte wissen willst.«

»Das werde ich, keine Sorge«, knurre ich und überlege, ob ich ihm nicht doch eine reinhauen sollte. Es würde mir zumindest zeitweilig eine gewisse Befriedigung bescheren.

»Wie viele Start-ups habt ihr ausgenommen?«, frage ich erneut, weil mir der arrogante Kotzbrocken keine Antwort gegeben hat.

Jordan erhebt sich, tritt hinter seinem Schreibtisch hervor. »Genug.«

Meine Hände verkrampfen sich und meine Muskeln spannen sich an. Wut brodelt in meinem Bauch, brennt wie Feuer durch meine Adern und lässt mich endgültig rot sehen.

Es knackt, als ich Jordan die Nase breche, aber sein Schrei klingt in meinen Ohren immer noch zu leise.

Die Tür hinter uns wird aufgerissen und Alex stürmt herein.

»Ist alles in Ordnung?« Alex' Blick geht hektisch von mir zu Jordan, der sich seine blutende Nase hält.

»Raus hier!«, brüllt er mich an, und mein kurzer Glücksmoment bricht in sich zusammen, als ich Zoe hinter Alex erblicke.

In ihren Augen stehen tausend Fragen und nicht eine bin ich bereit zu beantworten. Daher verschwinde ich wortlos aus dem Büro, achte nicht darauf, ob Zoe mir folgt oder nicht, sondern renne kopflos aus dem Gebäude. Erst als kalte, klare Luft in meine Lungen dringt, bleibe ich stehen.

»Was ist passiert?«, fragt Zoe atemlos, die mir natürlich gefolgt ist. Sie will wissen, was Jordan gesagt hat.

Aber ich kann es ihr nicht sagen. Ich kann einfach nicht. Damit würde ich endgültig zugeben, dass mein Vater krumme Geschäfte macht, dass er von diesem verdammten Podest, auf das ich ihn mein ganzes Leben gestellt habe, heruntergefallen ist. Mein Leben liegt in Scherben vor mir. Alles woran ich geglaubt habe, wofür ich verfickte Scheiße gearbeitet habe, ist ein Witz!

Irgendwann heute Nacht, als wir im Auto zwischen Newfane und New York waren und Zoe friedlich neben mir auf dem Beifahrersitz geschlafen hat, ist es mir gedämmert. Selbst diese bescheuerte Ausschreibung war fingiert. Die *Nero Investment Group* hätte uns diesen Auftrag in jedem Fall erteilt, da sich niemand außer uns darum bemüht hat. Es war nie ein echter Auftrag. Es war immer nur mein Vater, der mich benutzt hat.

Meine Gefühle gehen mit mir durch und noch nie habe ich mich so verarscht gefühlt. So gedemütigt, so allein. Mein Vater hat mich vorgeführt und jetzt sieht Zoe mich aus ihren aufmerksamen grünen Augen an und will eine Erklärung von mir.

»Nichts ist passiert«, antworte ich ihr verspätet. Mit einem Mal fühle ich mich müde. Unendlich müde, was nicht überraschend ist, da ich die ganze Nacht hinter dem Lenkrad saß.

»Du hast ihm die Nase gebrochen.«

O Gott, Zoe mit ihrer besserwisserischen Art ist sie das Letzte, was ich jetzt gebrauchen kann. Ich weiß selbst, dass ich dem Trottel die Nase gebrochen habe. Aber, scheiße, er hat es verdient!

»Lass uns zum Flughafen fahren. In zwei Stunden geht unser Flug. Und diesmal verpassen wir ihn nicht.« Ich mache dicht. Verschließe meine Emotionen vor ihr, meine Gedanken.

In Zoes Gesicht flackert etwas auf, und kurz zuckt das dumpfe Gefühl durch mich hindurch, dass ich sie gerade sehr verletzte.

»Rede mit mir, Cedrik!«, fährt Zoe auch prompt fort, als ich ohne Rücksicht auf andere Passanten zu unserem Toyota marschiere. »Was hat dein Vater mit der *Nero Investment Group* zu tun, was hat Jordan gesagt?«

»Nichts. Es geht dich nichts an!«

»Also bitte ... es geht mich sehr wohl etwas an. Wir sind zusammen nach Newfane gefahren, wir haben zusammen mit Jeff gesprochen. Was ist denn nur los?«

Ihre Stimme hat etwas Verzweifeltes und mich beschleicht die leise Gewissheit, dass ihre Verzweiflung nicht nur mit der *Nero Investment Group* zu tun hat. Oder mit meinem Vater. Vielmehr geht es hier um uns.

Energisch drehe ich mich herum. »Nerv mich damit jetzt nicht, Zoe! Ich werde mit dir reden, wenn du mehr wissen musst. Und bis dahin lässt du mich bitte in Ruhe.«

Sie sieht mich erschrocken an. Ihre Unterlippe bebt und ein verdächtiger Glanz steigt in ihren Augen empor. Oh, Fuck, bitte nicht auch noch heulen.

»Aber ... was ... die letzten Tage zwischen uns, ich dachte ...« Ihre Stimme bricht. O Mann, Frauen! Ich hätte mich nie auf sie einlassen dürfen, jetzt habe ich den Salat.

»Zwischen uns ist nichts, Zoe. Was war denn schon? Wir haben ein bisschen rumgemacht, mehr nicht. Dass ihr Frauen auch immer gleich mehr hinein interpretieren müsst.«

Jetzt weint sie wirklich. Stille Tränen, die ihr über die Wangen laufen. Ich ignoriere das plötzliche Brennen in meiner Brust, das sich anfühlt, als würde es niemals wieder aufhören.

»Es tut mir leid, ok?« Leider bin ich alles andere als ruhig, daher klingt meine Entschuldigung auch nicht glaubwürdig. »Jordan hat mir ein paar Dinge gesagt, die ich allein klären muss. Du kannst mir damit nicht helfen.«

Sie schluckt. Presst ihre Lippen zusammen. Und verwandelt sich vor meinen Augen wieder in die fünfzehnjährige Rote Zora, die trotzig, aber selbstbewusst in die Welt geschaut hat. »Wie du meinst.«

Ich sollte zufrieden sein. Denn tatsächlich lässt sie mich ab diesem Moment in Ruhe. Weder spricht sie mit mir, als wir den Mietwagen zurückgeben, noch in der Warteschlange zum Boarding. Selbst als ich mich im Flugzeug von ihr verabschiede, weil ich für mich die Business Class gebucht habe und Zoe in der Economy Class sitzt, antwortet sie mir nur mit einem Nicken.

Ich sollte zufrieden sein.

Und die meiste Zeit bin ich das auch.

Aber sobald ich die Augen schließe, sehe ich wieder Zoes tränengefüllte, grüne Augen und das Brennen in meiner Brust zerreißt mich.

Fuck, für so einen Kindergarten habe ich jetzt keine Zeit!

Herzflimmern

Zoe

Dienstag, 19. Dezember

Mein Herz schlägt. Langsam und gleichmäßig. Als wolle es mir sagen, dass es immer noch da ist, auch wenn es sich nicht so anfühlt. Es wurde herausgerissen, zertreten, filetiert und in kleinen Stücken genüsslich verspeist. Ok, eine ziemlich eklige Vorstellung, aber genauso fühlt es sich an. Und das Schlimmste an dem Ganzen? Ich bin selbst daran schuld.

Müde fahre ich mir über die Augen, die vor lauter Erschöpfung jucken. Nicht vor Tränen, denn Cedrik ist keine einzige wert. Aber ich habe den ganzen Flug lang kein Auge zugetan, eingequetscht auf einem schmalen Sitz zwischen einer erkälteten Frau und einem Musik hörenden älteren Mann. Die Arien von Verdi kann ich nach dieser Nacht auswendig.

Es ist noch dunkel draußen und wir fahren im Taxi durch die Stadt. Häuser ziehen an uns vorbei, Lichterketten hängen in den Fenstern, Weihnachtssterne, die mich aufzumuntern versuchen. Einzelne Schneeflocken fallen vom Himmel, aber im Vergleich zu dem Schneesturm vor Newfane ist das nicht mehr als ein leises Aufbäumen des Winters.

Es kommt mir so unwirklich vor, wenn ich an die letzten Tage denke. An Julia und ihren Zettel, an unsere Fahrt nach Newfane, an die Nähe zwischen Cedrik und mir. Cedrik, der jetzt keinen Meter entfernt neben mir im Taxi sitzt und doch so weit weg ist wie niemals zuvor.

»Zoe?«

Ich will mich nicht umdrehen. Ich will ihn nicht ansehen, sondern lieber die Schneeflocken vor dem Fenster beobachten. Ich will ihm nicht zeigen, wie sehr er mich verletzt hat, dennoch habe ich keine Wahl.

»Ja?«

Cedrik sieht müde aus. Abgeschafft. Als hätte auch er die ganze Nacht nicht geschlafen, obwohl es sich in der Business Class deutlich komfortabler fliegt.

»Du kannst heute zuhause bleiben, du musst nicht mehr ins Büro fahren. Ich komme ohne dich klar.«

Seine Worte sickern langsam durch meinen Verstand. Dann zieht sich mein Herz schmerzhaft zusammen und verzweifelt schlucke ich die Tränen hinunter, die augenblicklich in meine Augen schießen.

Ich komme ohne dich klar.

Scheiße!

»Danke!«, antworte ich schlicht. Ich will ihm nicht zeigen, wie mies es mir geht.

Doch Cedrik sieht mich an. Graublaue Augen, Sturmaugen, die tief auf den Grund meiner Seele blicken, und das sehen, was ich so verzweifelt vor ihm zu verbergen suche.

»So habe ich das nicht gemeint. Ich gebe dir frei, weil die letzten Tage echt anstrengend waren.«

Ich glaube ihm kein Wort. Kann es einfach nicht. Bleib stark, Zoe, ermahne ich mich erneut. Er ist es nicht wert.

»Wenn es darum geht, ob ich etwas über die *Nero Investment Group* oder deinen Vater sagen werde, kann ich dich beruhigen. Ich habe dir versprochen es nicht zu tun. Und daran halte ich mich.« Zumindest diesen Punkt muss ich klarstellen.

»Ok, danke Zoe!«

»Wirst du mit ihm sprechen? Mit deinem Vater meine ich?«

Cedrik nickt. »Natürlich. Das muss ich. Es ist nicht in Ordnung, was die *Nero Investment Group* getan hat und auch mein Vater muss dafür gerade stehen.« Er hat mir immer noch nicht gesagt, wie genau sein Vater darin verwickelt ist. Aber ich bin nicht blöd.

»Die *Nero Investment Group* muss zur Rechenschaft gezogen werden«, sage ich eindringlich. »Denk an Julia und all die anderen Start-ups, die ihre Existenz verloren haben. Auch wenn es dein Vater ist, Cedrik.«

»Glaub mir, das weiß ich.« Ich höre den leisen Schmerz in seiner Stimme, aber ich ignoriere ihn. In meinem Herzen ist im Moment kein Platz für Mitgefühl.

Cedrik zögert kurz und ich sehe ihm deutlich an, dass er mit sich kämpft. Aber dann gibt er sich einen Ruck und spricht weiter. »Hör mal, es tut mir leid, das mit uns. Das war so nicht geplant. Aber ich bekomme das im Moment einfach nicht hin.«

»Es ist ok«, fahre ich dazwischen und würge seine Ausflüchte ab. Ich will sie nicht hören. »Du hast mir mehr als einmal gesagt, dass ich mein Leben nicht an einen Mann hängen soll. Es wäre also äußerst töricht von mir, es jetzt zu tun.« Jedes Wort ist eine Lüge und mein Herz bäumt sich auf, weil es eigentlich etwas ganz anderes sagen will.

Cedrik hebt seine Hand, fährt sich durch die Haare. Seine Geste lässt nur erahnen, dass ihm das zwischen uns doch näher geht, als er zugeben will und als er mich wieder ansieht, erkenne ich den Schmerz in seinen Augen, der sich in meinem Herzen widerspiegelt. Einen Wimpernschlag später ist er verschwunden, sein Gesicht ist verschlossen. Er wird seine Meinung nicht ändern.

Der letzte Rest Hoffnung in mir, der sich tapfer gehalten hat, zerbricht. Ich war nicht mehr als eine kurze Affäre. Eine seiner Bettgeschichten, ohne große Bedeutung. Benutzt, fallengelassen, entsorgt. Und jetzt muss ich auch noch darauf hoffen, dass er mir meinen Job lässt, wenn er mich heute schon nicht mehr sehen will. Was habe ich mir nur gedacht?

Verstört und verzweifelt wende ich mich ab. Schaue aus dem Fenster und stelle fest, dass wir in der Straße, in dem das Haus meiner Eltern steht, angekommen sind.

»Das Haus da vorn ist es«, erkläre ich dem Taxifahrer und verteufle meine schwache Stimme.

Bumm. Mein Herz schlägt.

Bumm. Es ist gebrochen, aber es schlägt.

Bumm. Ich muss aus diesem Auto raus.

Kaum hält das Taxi an, reiße ich die Tür auf.

»Bis morgen dann!«

Ich sehe Cedrik nicht an, als ich die Tür wieder zu knalle. Mit einem Satz bin ich am Kofferraum und schneller als der Taxifahrer überhaupt ausgestiegen ist, hieve ich meinen Trolley heraus.

Ich werfe keinen Blick zurück, als das Taxi wegfährt. Bis morgen habe ich mich wieder so weit im Griff, dass ich Cedrik erhobenen Hauptes gegenüber treten kann. Ich lasse mich nicht unterkriegen. Er hat mich neun Schuljahre nicht kleingekriegt, was sind da schon neun Tage?

Ein Leben, flüstert mir mein Herz zu, aber ein kalter Windstoß bringt es zum Schweigen.

Und eine Person, die auf der Eingangstreppe vor dem Haus meiner Eltern sitzt und offensichtlich auf mich wartet.

Oliver.

Schlussstrich

Cedrik

Mittwoch, 20. Dezember

Enttäuschung schmeckt schal. Bitter. Stumpf. Als wären deine Geschmacksnerven verödet, als nähme man die Säure oder Süße des Essens nicht mehr wirklich wahr. Obwohl man genau weiß, dass sie da ist.

Eine der frühsten Erinnerungen an meinen Vater, spielen hier in diesem Büro. Johannes und ich, die unter dem dunklen, schweren Mahagonitisch mit Autos spielen, darauf wartend, dass mein Vater endlich Zeit für uns hat. Immer haben wir gewartet, darauf, dass er nachhause kommt, von einer Dienstreise zurückkehrt oder wenigstens einmal beim Fußballspiel am Rand steht und uns anfeuert. Getan hat er es nie, stattdessen hat mein Vater gearbeitet.

Mein ganzes verficktes Leben stand immer die Agentur im Vordergrund. Daher verbinde ich auch meine Kindheit mit diesem beschissenen Mahagonitisch, auf den ich seit etwa zwanzig Minuten starre.

Die Tür in meinem Rücken wird aufgestoßen und vor lauter Anspannung zucke ich zusammen. Mein Körper ist verkrampft, weiß nicht, wo er mit seiner ganzen Wut und seinem Zorn hin soll. Aber ich lasse mir nichts anmerken, erhebe mich geschmeidig und schenke meinem Vater, der mich überrascht ansieht, ein aufgesetztes Lächeln.

»Cedrik, was tust du hier?«

»Ich wollte mit dir sprechen.«

Mein Vater stellt seinen Trolley neben der Tür ab und hängt seinen Mantel an einen Kleiderständer daneben.

»Hat das nicht Zeit bis morgen? Ich bin eben erst aus Hamburg zurückgekommen.« Er wirkt genervt. Pech für ihn, ich werde nicht verschwinden.

»Nein.«

Seufzend geht er zur Tür und bittet seine Assistentin um einen Kaffee. Ob ich etwas möchte, fragt er nicht.

»Wie war es in New York?« Als ob Jordan ihn nicht längst informiert hätte.

Ich setzte mich wieder, lasse ihn jedoch nicht aus den Augen, wie er um mich herumgeht und sich hinter seinen Schreibtisch setzt. Als ob der verdammte Mahagonitisch zwischen uns eine Barriere wäre, die ihn davor schützt, was ich zu sagen habe.

»Hältst du mich für dumm?«, frage ich ihn mit einer bemerkenswerten Ruhe.

Graublaue Augen, die meinen so entsetzlich ähnlich sind, mustern mich abschätzend.

»Du weißt es also.« Er ist klug genug, meine Frage nicht zu beantworten.

»Ich weiß, dass du Teilhaber der *Nero Investment Group* bist. Dass du mit Jordan gemeinsame Sache gemacht hast, um Geld auf – sagen wir mal – unsaubere Art und Weise zu erwirtschaften. Ich weiß, dass es nie eine Ausschreibung gegeben hat und dass du mich diese Kampagne nur erarbeiten lässt, um damit mehr Profit zu machen.« Wut kocht heiß in meinen Adern, aber ich zwinge mich ruhig zu bleiben. Wenn ich jetzt ausraste, fühlt sich mein Vater bestätigt. »Hältst du mich echt für so bescheuert, dass ich nicht herausbekomme, was dahinter steckt? Hast du echt gedacht, dass du mich einfach so benutzen kannst?«

Stille. Er schweigt. Auch eine Antwort.

»Warum?«, frage ich irgendwann, als er sich nicht zu meinen Vorwürfen äußert.

Mein Vater schaut mich noch einen Moment an, bevor er seinen Blick abwendet. Einen Moment, in dem er zu überlegen scheint, was er mir sagen kann und was nicht. Ob ich der Sohn bin, der ihn unterstützt und seine Machenschaften befürwortet, oder ob ich zur Polizei gehe und ihn verrate. Bei Johannes wäre das keine Frage: Er folgt ihm blind. Und ich tue es auch. Bisher zumindest.

»Ich halte dich nicht für dumm, Cedrik. Und ich wusste, dass du eine brillante Kampagne erarbeiten wirst, nur deshalb habe ich dir diesen Job gegeben.«

Sein Lob kann er sich sonst wohin schmieren. Dafür ist es zu spät.

»Warum? Warum also lässt du dich auf solche Geschäfte ein?«

Mein Vater fährt sich durch seine blonden Haare, die trotzdem noch perfekt in Form liegen. Einen ganz kurzen Augenblick wirkt er müde, fast verletzlich, aber einen Wimpernschlag später halte ich den Ausdruck für Einbildung. Mein Vater ist viel, aber verletzlich ist er ganz sicher nicht.

»Weil es der Agentur nicht gut geht«, sagt er schließlich. »Wir müssen nächstes Jahr unsere Kosten stark reduzieren, um konkurrenzfähig zu bleiben.«

Seine Worte überraschen mich nicht. PR-Agenturen schießen wie Pilze aus dem Boden und der Druck untereinander wächst. Firmen wollen immer ausgefeiltere, kreativere Konzepte und dafür möglichst wenig zahlen. Dennoch, das mag eine Erklärung sein, eine Entschuldigung ist es noch lange nicht.

»Wieso hast du mir nie etwas davon gesagt?«

Sein Mund verzieht sich zu einem schmalen Lächeln. »Ich dachte, dass dir klar ist, wie schlecht es um die Firma steht. Seit dem Auftrag für das Bildungsministerium, für den du verantwortlich warst, geht es bergab.«

Mit einem Schlag ist meine Anspannung wieder da. Was?

»Wir haben den Auftrag damals vergeigt, das weißt du besser als ich«, fährt mein Vater fort und seine Worte treffen mich mit voller Härte. »Das hat unseren guten Ruf in der Branche nachhaltig beeinträchtigt, sodass wir kaum noch lukrative Aufträge hereinbekommen haben.«

Ein dröhnendes Rauschen erfüllt meinen Körper. Der Auftrag für das Bildungsministerium vor vier Jahren, für den ich verantwortlich war. Es ist meine Schuld, dass es der Firma so schlecht geht. Dass wir keine Aufträge bekommen, dass wir Mitarbeiter entlassen müssen. Mitarbeiter wie Zoe. Mir wird schlagartig kalt und meine Muskeln spannen sich wieder an. Meine Wut kehrt zurück.

»Ich habe getan, was ich musste, um die Firma zu retten.«

Das Muster auf den grauen Bodenfließen verläuft vor meinen Augen. Meine Gedanken rasen durcheinander. Ich bin Schuld. Ich allein. Fuck!

»Gib mir nicht die Schuld für deine krummen Geschäfte!« Meine Stimme ist nicht mehr als ein Flüstern. Langsam hebe ich den Blick, schaue meinen Vater an. Ich bin nicht mehr sein kleiner Junge, der ihm überall hin folgt. Und er ist nicht mehr der Vater, den ich vergöttere, dem ich etwas beweisen muss.

»Es gibt andere Wege, Firmen zu retten, dafür muss man nicht hunderte Existenzen ruinieren.« Denn das hat er getan. Indem er den Start-up Gründern das Geld aus der Tasche gezogen hat, hat er die meisten ruiniert. Um sich selbst an ihnen zu bereichern.

»Du hast keine Ahnung, wovon du sprichst, Cedrik.« Er nimmt mich nicht für voll. Und er wird es auch nicht, egal, was ich tue. Die Erkenntnis schlägt mit der Kraft einer Abrisskugel durch meinen Schädel und verdrängt alle anderen Gedanken. Er hat mich ausgenutzt, hat mich verarscht und hat jetzt noch nicht einmal den Anstand, die Karten offen auf den Tisch zu legen. Und mit einem Mal wird mir klar, dass er es selbst jetzt noch tut.

»Es hat nichts mit dem Auftrag für das Bildungsministerium zu tun, oder? Du hast die Agentur heruntergewirtschaftet, du ganz allein. Deshalb hast du mir nie eine ordentliche Position gegeben, deshalb hast du mir nie wirklichen Einblick in die Finanzen überlassen.«

Ich weiß, dass ich recht habe. Auch wenn mein Vater nicht einmal blinzelt.

Die Stille zwischen uns nimmt zu, wird schneidend dick und bildet eine Mauer, die keiner von uns bereit ist, einzubrechen.

Er sieht mich an, aus harten graublauen Augen. »Was willst du?«

Was ich will? Eine einfache Frage. Die Antwort darauf ist es nicht.

Ich will, dass er für seine Geschäfte zur Rechenschaft gezogen wird.

Ich will, dass die Agentur wieder läuft und wir niemanden entlassen müssen.

Ich will, dass er diese verdammte Agentur endlich an mich abgibt.

Ich will, dass er mich ernst nimmt und mich endlich anerkennt, wie ich bin.

Ich will den Vater zurück, den ich vor wenigen Tagen noch hatte.

»Nichts.«

»Nichts?« Er klingt so überrascht, wie ich mich fühle. Aber dennoch ist es die Wahrheit.

»Nein, nichts.«

Ich erhebe mich, genieße seinen verblüfften Gesichtsausdruck, den ich zum ersten Mal an ihm entdecke. Allein dafür ist all das wert.

»Nein, Vater, ich will nichts von dir. Ich werde jedoch mit Jordan sprechen und ihn zwingen, die *Nero Investment Group* zu schließen. Andernfalls gehe ich zur Polizei. Und zur Presse. Das verbleibende Geld wird an die Start-ups zurückgehen, viel ist vermutlich sowieso nicht mehr da. Ich will nicht, dass du die Agentur schließt. Nicht wegen dir, sondern wegen all der Menschen, die für uns arbeiten. Ich aber werde gehen und endlich das machen, was ich seit Jahren tun sollte.«

Nämlich auf eigenen Beinen stehen. Endlich meinen eigenen Weg gehen und nicht mehr versuchen, es meinem Vater recht zu machen. So wie es Zoe mehr als einmal von mir verlangt hat.

Zoe.

Der Gedanke an sie tut weh, bringt das Brennen in meiner Brust zum Bersten.

Die Tür hinter mir schlägt zu, als ich das Büro verlasse. Endgültig.

Wer die Wahl hat ...

Zoe

Donnerstag, 21. Dezember

»Was zur Hölle macht *er* hier?«

Der entgeisterte Gesichtsausdruck meiner besten Freundin könnte mich zum Schmunzeln bringen, wenn die ganze Sache nicht so verdammt vertrackt wäre.

»Er ist als meine Begleitung hier.«

Tinas schwarze Augenbrauen fahren nach oben und ich könnte schwören, dass sogar die Spitzen ihrer kurzen Haare irritiert aufzucken.

»Das ist nicht dein Ernst. Bitte sag' mir, dass ich zu viele Cocktails getrunken habe und Oliver nicht dort vorn an der Theke steht. Und sich mit Max unterhält.«

»Was?« Erschrocken folge ich ihrem Blick. Mist! Mein »Wie-auch-immer-Ex«-Freund stößt in diesem Moment mit Max an. Dem Max, mit dem ich vor nicht einmal zwei Wochen ein Date hatte. Scheiße! Was hat mich nur dazu gebracht, ihn mitzubringen?

»Also, warum ist er hier?« Ab und zu glaube ich echt, dass Tina Gedanken lesen kann.

»Er hat sich bei mir entschuldigt. Es tut ihm leid, was er getan hat. Und er vermisst mich.«

Tina sieht aus, als hätte ich ihr endgültig erklärt, dass ich verrückt bin. Und wenn ich ehrlich bin, fühle ich mich auch so.

»Und das glaubst du ihm?«

Oh, ja, das würde ich gerne! Wie oft habe ich mir in den letzten Wochen gewünscht, die Zeit zurückdrehen zu können und mein Leben mit Oliver wiederzuhaben. Aber dann denke ich wieder daran, was er mir angetan hat – vermutlich nicht zum ersten Mal – und ich fühle mich wahnsinnig naiv. Und verletzt. Und gedemütigt.

»Nein.« Ich greife nach meinem Mai Tai, der auf dem hohen Tisch vor uns steht, und nehme einen tiefen Schluck.

Es ist Donnerstagabend und wir sind auf unsere Betriebsweihnachtsfeier. Die Agentur hat sich dieses Jahr nicht lumpen lassen und einen angesagten Club gemietet. Scheinwerfer zucken über die Tanzfläche, ein DJ legt die aktuellen Charts auf, während Tina und ich uns durch das Cocktailangebot trinken und Kanapees futtern. Oliver mitzunehmen war eine spontane Entscheidung. Er hat mir am Dienstagmorgen die Ohren vollgeheult und aus einer Laune heraus, habe ich ihn heute Mittag eingeladen. Wenn ich ihn mir allerdings jetzt betrachte, wie er sich bestens mit Max amüsiert, war das definitiv die falsche Entscheidung.

»Ich wollte einfach nicht allein hier auftauchen.«

Ich brauche Tina nicht zu erklären, warum. Sie weiß alles von unserem Trip nach New York. Zumindest alles von Cedrik und mir. Die Machenschaften der *Nero In-*

vestment Group sowie Cedriks Vater habe ich mit keinem Wort erwähnt.

»Du weißt, dass er heute nicht im Büro war, daher glaube ich nicht, dass er hier auftaucht. Gerüchten zur Folge hat er hingeschmissen.«

Er. Cedrik.

Schmerz durchzuckt mich, will mich daran erinnern, dass da mehr ist als die Leere in meinem Herzen, aber ich ertränke ihn mit dem nächsten Schluck Mai Tai. Heute Abend nicht. Heute Abend werde ich nicht an ihn denken.

»Und wenn schon. Das ist sein Problem.«

Meine Hand krallt sich um das kalte Glas. Tina weiß genau, dass ich das nur sage, weil ich nicht darüber sprechen will und nicht, weil es mich nicht interessiert. Denn natürlich tut es das. Jedes kleine Detail, jede Information ... Rückfall! Noch ein Schluck!

»Habt ihr ... habt ihr noch einmal miteinander gesprochen?« Tina meint es gut. Weh tut es trotzdem.

»Nein.«

»Zoe, ein Blinder kann sehen, dass du in ihn verknallt bist.«

Ich bedenke sie mit einem wütenden Blick. »Du weißt, was er zu mir gesagt hat. Da war nichts zwischen uns. Zumindest nichts Ernsthaftes.«

Tina presst ihre Lippen zusammen. Sie widerspricht mir nicht, allerdings sehe ich ihr deutlich an, dass sie anders darüber denkt. Aber das tut nichts zur Sache. Cedrik will mich nicht, das hat er mir klar gesagt. Und ich habe mir vorgenommen, nach vorn zu sehen. Bald ist Weihnachten und danach Silvester. Ein neues Jahr. Und meine Vorsätze sind diesmal eindeutig: eine neue Wohnung, ein neuer Job, ein neuer Mann.

»Guten Abend, die Damen.«

Ich hebe meinen Blick, der sich in dem orangenen Cocktail verhakt hatte, und schaue in Max' hellblaue Augen.

»Hey!«

Oliver stellt sich neben mich, legt seinen Arm besitzergreifend um meine Taille. Ich trete einen Schritt zur Seite, weil mir das Platzhirschgetue zu viel ist, aber er greift nach, bis ich wie im Schreibstock eingeklemmt an ihm klebe.

»Hi, Max!« Tina prostet ihm zu. Keine Sekunde später bemerke ich, wie sie sich unauffällig ein wenig näher an Max heran lehnt und ihn in ein Gespräch verwickelt.

»Du hast nette Kollegen.« Olivers Stimme dringt an mein Ohr, viel zu nah, als dass es mir angenehm wäre.

»Du kennst Tina«, entgegne ich genervt, immerhin ist sie meine beste Freundin. Sie hat Oliver in den letzten Jahren öfters gesehen und kann ihn bis heute nicht leiden.

»Natürlich.«

Das Lächeln auf seinen Lippen ist nicht echt. Ebenso wenig, wie der liebevolle Blick, den er mir jetzt zuwirft. Alles an mir schreit danach wegzurennen, ihn von mir zu drücken, aber ich tue es nicht.

»Willst du tanzen?«

Ein Seufzen entfährt mir. Es wäre vernünftig, nach Hause zu fahren und die Sache mit Oliver ein für alle Mal zu beenden. Denn ich will nichts mehr von ihm. Das signalisieren mir mein Körper und auch mein Herz mehr als deutlich.

»Nein. Lass uns ...« Ich breche ab, erstarre mitten im Satz. Kälte kriecht über meine Haut und gleichzeitig beginnt mein Herz zu rasen. Nein. Nein. Nein.

Graublaue Augen finden meine, mustern mich abschätzend und blitzen belustigt auf. Ich schlucke hart. Nein. Nicht hier, nicht heute, wo ich mich schon in Sicherheit wähnte.

»Lass uns tanzen!« Meine Stimme klingt Meilen weit entfernt und ich realisiere kaum, wie ich Olivers Hand greife und ihn regelrecht auf die Tanzfläche zerre.

Er folgt mir, ohne zu zögern, legt die Hände um meine Taille und gemeinsam beginnen wir, uns hin und her zu wiegen.

»Zoe, ich wollte über etwas mit dir sprechen.«

»Mmh.« Ich sehe ihn nicht an. Ich höre ihm noch nicht einmal richtig zu, da meine ganze Aufmerksamkeit auf Cedrik liegt, der sich an den Tisch zu Max und Tina gesellt hat. Er trägt eine dunkle Hose und ein weißes Hemd, seine Haare sind verwuschelt und insgesamt wirkt er überraschend entspannt. Nichts deutet darauf hin, dass er gekündigt hat, oder dass das Gespräch mit seinem Vater über die *Nero Investment Group* schlecht gelaufen wäre. Oder, dass es ihn in irgendeiner Weise mitgenommen hat, mir am Montagnachmittag das Herz zu brechen. Scheiße!

In diesem Moment lacht er, und obwohl ich das Geräusch durch die laute Musik um mich herum nicht hören kann, stellen sich mir die Nackenhaare auf. Ich gönne ihm das Lachen nicht. Ich gönne ihm auch seine beschissene Gelassenheit nicht. Dafür hat er mich zu sehr verletzt.

»Du erinnerst dich an das kleine Chalet meiner Eltern in der Schweiz. Sie haben es über Silvester nicht vermietet und ich würde gerne mit dir dort hin. Um unseren Neuanfang zu feiern.«

Hände gleiten über meinen Rücken, landen auf meinem Po.

»Was?«

Energisch nehme ich ein wenig Abstand und löse Olivers Hände von meinem Hinterteil. Das geht dann doch zu weit.

Er runzelt die Stirn. »Das Chalet? Silvester?«

Zur Hölle, ich habe keine Ahnung, was er gerade gesagt hat. Dafür bin ich mir Cedriks Blick, der jede meiner Bewegungen verfolgt, überdeutlich bewusst. Verdammt, was macht er hier? Er sollte nicht hier sein. Er sollte irgendwo in einem dunklen Keller verrotten, allein, einsam, mit einem gebrochenen Herzen, so wie ich. Konzentrier dich Zoe, ermahne ich mich selbst, weil ich das dumpfe Gefühl habe, auf die nächste Katastrophe zuzusteuern.

»Oliver, es tut mir leid. Es war ein Fehler, dich heute mitzunehmen, das mit uns wird nichts mehr.« Wow, seit wann bin ich so vernünftig?

Er lässt mich los. Verzieht sein Gesicht zu einer wütenden Fratze und es tritt wieder der Ex-Freund zu Tage, der mich am 18. Oktober aus der Wohnung geworfen hat.

»Ist es wegen ihm?« Mit einem Nicken deutet er in Richtung Tisch. Ob er jetzt Max oder Cedrik meint, kann ich nicht sagen, da beide noch bei Tina am Tisch stehen. Aber dass er den Grund für unsere Trennung nicht bei sich sucht, sondern einen anderen Mann dafür verantwortlich macht, bringt das Fass zum Überlaufen. Wut ballt sich in meinem Magen zusammen, vermischt sich mit der Enttäuschung und dem Schmerz der letzten Wochen, und meine ganze Frustration drängt an die Oberfläche.

»Hast du auch mal eine Sekunde darüber nachgedacht, wie es mir geht? Was du mir ...« Weiter komme ich nicht. Und das ist auch besser so, weil ich ihm sonst vor all meinen Arbeitskollegen – und Cedrik – eine Szene gemacht hätte.

»Darf ich abklatschen?«

Eine dunkle Stimme lässt mich innehalten. Olivers Augen sprühen vor Wut.

»Ja!« Bevor er antworten kann, drehe ich mich zu Max herum.

Ich lasse Oliver einfach stehen, schere mich nicht länger darum, ob er hinter mir stehen bleibt oder verschwindet. Ich reiche Max meine Hand und er zieht mich außer Reichweite.

»Es sah aus, als ob er Hilfe gebrauchen könnte.« Er, nicht ich.

»Wieso er?«

Der DJ startet mit *Rocking around the Christmas Tree* die Weihnachtsoffensive.

Max' Mundwinkeln zucken amüsiert und seine hellblauen Augen blitzen mich an. »Weil du ihn vermutlich gleich K.O. geschlagen hättest.«

Ich schnaube entrüstet. »Er hätte es verdient.«

»Ohne Zweifel.« Weiß er, was Oliver getan hat? Hat Tina ihm etwas erzählt? Oder Cedrik? Allein der Gedanke, dass Cedrik mit ihm über mich gesprochen hat, jagt einen Schneesturm durch meinen Bauch und ich kann nicht verhindern, erneut einen Blick in seine Richtung zu werfen. Hat er nach Montag doch noch einmal an mich gedacht?

»Umpf«, entfährt es mir frustriert und ich zwinge mich, wieder Max anzusehen. Das alles führt zu nichts als Ärger.

Max grinst mich verschwörerisch an, als wüsste er genau, was ich denke.

»Hat Cedrik tatsächlich gekündigt?«, frage ich ihn, da sowieso offensichtlich ist, dass ich an ihn gedacht habe.

»Das musst du ihn schon selbst fragen.«

Ein neues Lied beginnt und obwohl *All I Want for Christmas is you* eher rockig ist, zieht Max mich näher an sich heran und legt seine Hände auf meinen Rücken.

Direkt oberhalb meines Pos, aber doch zu tief als das keine Absicht dahinter wäre. »So, dann wollten wir das Raubtier mal auf seine Beute aufmerksam machen.«

Bitte?

»Bezeichnest du mich gerade als Beute?« Ich hebe meinen Kopf in seine Richtung. Max' Gesicht ist direkt vor meinem und sein Aftershave dringt in meine Nase.

»Jep. Und jetzt lass uns eine Show liefern, Baby!« Eine Show? Für wen?

Ich komme nicht mehr dazu, zu protestieren. Seine Hände fahren meinen Rücken hinauf, während er seine Hüften gefährlich nahe an mein Becken drückt. Max bewegt sich im Takt der Musik, dreht mich auf die Tanzfläche, zieht mich wieder zu sich. Meine Hände landen wie von selbst auf seiner muskulösen Brust, fahren über seinen flachen Bauch. Max ist ohne Zweifel attraktiv und hat seinen ganz eigenen Charme. Und ich wäre keine Frau, wenn ich das nicht bemerken würde. Sein Blick nimmt mich ein, hellblaue Augen, die fröhlich blitzen und jede Menge Spaß versprechen. Mein Atem stockt, als er seinen Kopf beugt und seine Wange an meine legt.

»Vorsicht Zoe! Wir sollten Cedrik nicht zu sehr reizen. ... Ist Tina eigentlich Single?«

Sein Atem kitzelt mein Ohr, rennt wie ein heißer Schauer über meine Haut, dennoch muss ich schmunzeln.

»Ist sie«, flüstere ich zurück, als sich Max langsam von mir löst. Seine Freude ist ansteckend und er lenkt mich ein wenig von den nervigen Dingen – oder Personen – heute Abend ab.

Max grinst mich frech an und zwinkert. »Lass uns zum Tisch zurückgehen. Ich glaube, sonst kassiere ich heute Abend noch einen rechten Haken.«

Ich folge zögernd, weil Cedrik immer noch neben Tina an unserem Tisch steht. Dann gebe ich mir einen Ruck. Ich lasse mir doch von dem Arschloch nicht den Abend ruinieren!

Allerdings beachtet mich Cedrik gar nicht, als wir wieder zu den anderen stoßen, daher greife ich zunächst nach meinem halbvollen Cocktailglas und nehme einen Schluck. Das süße Getränk rinnt kalt meine Kehle hinab, während sich der Rum sofort warm in meinem Körper verteilt. Ich liebe Mai Tais!

Als jemand dicht neben mich tritt, versteife ich mich trotzdem sofort.

»Zoe.«

Nein. Nein. Nein.

Ich bin wütend auf ihn.

Ich hasse ihn.

Er hat mir wehgetan, mehr als einmal.

Ich bin in ihn verliebt.

Verzweifelt beobachte ich das Zucken der Scheinwerfer auf dem Fußboden, bis sich zwei schwarze Schuhe in mein Blickfeld schieben. »Hast du es so nötig?«

Erschrocken reiße ich den Blick hoch. Ein Sturm tobt in Cedriks Augen, lässt sie dunkler wirken, als sie sind.

»Wie bitte?« Enttäuschung zerrt an meinen Nerven, Verzweiflung. Er steht so nahe vor mir, dass ich nur die Hand ausstrecken müsste, um ihn zu berühren. Dumpf dringen Wortfetzen eines Gespräches von Tina und Max zu mir herüber, aber ich folge ihnen nicht. Meine ganze Aufmerksamkeit ist gefesselt von dem Mann vor mir.

»Du willst ernsthaft zu deinem Ex-Freund zurück? Ein wenig mehr Rückgrat hätte ich dir schon zugetraut.«

Tränen schießen mir in die Augen und meine Hände ballen sich zu Fäusten. Ich bin so wütend, dass ich das Gefühl habe, gleich zu platzen.

»Und dann diese Nummer mit Max eben.« Er knurrt. Und klingt beinahe eifersüchtig. Aber warum? Er hat mir erklärt, dass zwischen uns nichts laufen wird, dass er weder Nerv noch Zeit für eine Beziehung hat.

»Was soll das, Zoe?«

Das Atmen fällt mir schwer, ich bekomme keine Luft mehr. Verzweifelt schließe ich die Augen, versuche, meine aufgebrachten Gefühle zu kontrollieren. Aber Cedriks Nähe haut mich um. Meine Haut kribbelt, kann sich nicht entscheiden, ob vor Verlangen oder Wut. Denn beides löst dieser verdammte Kerl in mir aus.

»Ich habe einen netten Abend, mehr nicht.« Ha, ha, ha! Nicht einmal ich glaube mir meine Worte. Und Cedrik tut es offensichtlich ebenfalls nicht.

Er tritt einen Schritt näher an mich heran, bis kein beschissenes Blatt Papier mehr zwischen uns passt. Dennoch berührt er mich immer noch nicht.

Ich starre auf sein weißes Hemd, wandere mit meinen Augen langsam die kleinen Plastikknöpfe hinauf und die Tatsache, dass ich ganz genau weiß, was hinter dem weißen Stoff liegt, hilft mir in diesem Moment keinen Schritt weiter. Ganz im Gegenteil. Meine Kehle wird eng, mein Mund ist staubtrocken.

»Ich glaube dir kein Wort.«

Die Zeit bleibt stehen, als seine Augen meine treffen. Um uns herum wird es still, obwohl immer noch *Have yourself a merry little Christmas* im Hintergrund dröhnt, Tina und Max mit uns am Tisch stehen, und mindestens dreißig Kollegen um uns herum tanzen.

Eine Berührung an der Wange lässt mich zusammenzucken, bevor heißes Feuer über meine Haut rennt. Mein Kopf ist leer und mein Herz hat eindeutig aufgehört zu schlagen. Ich spüre nur noch Cedriks Hand auf meiner Wange, sehe nur noch seine blaugrauen Augen, fühle seinen Atem auf meinen Lippen, als er sich zu mir beugt.

»Du bist in mich verliebt, Zoe. Nur deshalb veranstaltest du so ein Theater.«

Ich halte inne. Und Cedriks Arroganz, die ich seit meiner Schulzeit so verteufelt habe, pflügt wie eine Axt durch meine verwirrten Gefühle. Er ist ein Jäger, ein Raubtier, das gerade dabei ist, seine Beute zu reißen. Hier geht es überhaupt nicht um mich.

»Du verdammtes Arschloch!«

Cedrik lacht leise. »Vielleicht.« Seine Hand liegt immer noch auf meiner Wange und mit seinem Daumen streichelt er sanft über meine Haut. Er spielt mit mir. Wie er es schon sein ganzes Leben lang getan hat. »Aber ich habe die letzten Tage viel über mich gelernt. Und da ist eine Sache, die ich noch nicht ganz begreife.«

Ich zittere vor unterdrückter Wut. Auf ihn, auf mich, auf Oliver und jede einzelne verlorene Träne, die ich in den letzten Wochen geweint habe. Erst jetzt bemerke ich, dass meine Hände auf Cedriks Brust liegen. Aber anstatt ihn von mir zu drücken, kralle ich mich an ihm fest.

»Kannst du mir mal verraten, was du da tust, du Schlampe?«

Eine wütende Stimme direkt hinter mir bringt unsere Blase zum Platzen. Eine Hand zerrt besitzergreifend an meiner Schulter, gräbt sich in meine Haut und tut mir weh.

Ruckartig löst sich Cedrik von mir. In seinem Gesicht zuckt etwas auf, bevor er seinen Mund zu einem schiefen Grinsen verzieht. Aber ich beachte ihn nicht länger, sondern drehe mich zu Oliver herum, hebe meine Hand und gebe ihm eine schallende Ohrfeige.

Erkenntnisse

Cedrik

Freitag, 22. Dezember

Ich bin in Zoe verliebt.

Die Erkenntnis sollte mir Angst machen, aber überraschenderweise tut sie es nicht. Stattdessen fühlt es sich vertraut an, wenn ich an Zoe denke. Warm, geborgen. Als müsste ich mich bei ihr nicht darum bemühen, der zu sein, der ich sein will, sondern einfach der sein, der ich bin. Wenn ich jedoch an gestern Abend denke, muss ich zugeben, dass es genau dieser jemand mal wieder richtig verbockt hat. Fuck!

Eine kleine Schneeflocke trifft meine Nase, kitzelt auf meiner Haut, bevor ich sie mit der Hand abstreife. Es ist ein trüber Morgen, kein Sonnenstrahl am Himmel, nur ein gleichbleibendes tristes Grau. Und es ist arschkalt.

Was also tue ich hier?

Die Türen zu der kleinen Kapelle vor mir öffnen sich und ein Schwall Personen ergießt sich auf den Vorplatz. Sie sind alle eingemummelt in dicke Mäntel, Schals und Mützen, dennoch kommt ihr freudiges Strahlen im Gesicht sicher nicht von der Entzückung über das beschissene Wetter. Sondern von einem Pärchen, das in diesem

Moment Hand in Hand über die Pforte der Kapelle schreitet und lächelnd die ersten Glückwünsche entgegennimmt.

Vanessa sieht atemberaubend aus! Sie trägt einen weißen offenen Mantel, der den Blick auf ein mit Spitze besetztes Brautkleid freigibt. Auf einen Schleier hat sie verzichtet, stattdessen hat sie ihre blonden Haare locker hochgesteckt. Und neben ihr, in Dunkelblau, steht der Lackaffe, mit dem sie mich betrogen hat. Na, bravo!

Obwohl es viel zu kalt ist, bleibt die Gesellschaft vor der Kirche stehen. Irgendwer drückt mir ein Sektglas in die Hand und ich frage mich erneut, was ich eigentlich hier tue. Es war eine bescheuerte Idee, herzukommen.

»Cedrik!« Fuck!

»Beate.« Ich gebe mir einen Ruck. Ziehe meine Hand aus meiner Manteltasche und halte sie meiner Ex-Schwiegermutter in spe entgegen.

Statt meine Hand zu nehmen, drückt sie mich an sich. Eingehüllt in ein viel zu süßes Frauenparfüm habe ich das Gefühl, zu ersticken. Nicht nur wegen des penetranten Duftes, auch weil mir ihre Nähe unangenehm ist.

»Ach, ist es nicht schön? Endlich heiratet meine Kleine!«

»Ähm ... ja.« Ob ihr klar ist, dass ich ihre *Kleine* auch heiraten wollte?

»Bist du schon verheiratet? Wie geht es dir?« Will mich die Alte verarschen?

Beate bleibt mein zynischer Kommentar erspart, da Vanessa in diesem Moment neben sie tritt. Sie schaut mich überrascht an, dann breitet sich ein unsicheres Lächeln auf ihrem Gesicht aus. »Was machst du hier, Cedrik?«

Gute Frage! Genau genommen bin ich einer Eingebung gefolgt, die mich heute Morgen aus dem Schlaf gerissen hat. Und den Worten des verfickten Radiomoderators, der mich heute mit »Noch zwei Tage bis Weihnachten« geweckt hat.

»Ich wollte dir alles Gute wünschen.« Jetzt, wie ich so vor ihr stehe, klingt das mehr als unglaubwürdig. Ich sollte verschwinden.

»Mutti, ich glaube Tante Gabi weiß nicht genau, wo wir feiern. Erklärst du es ihr bitte noch einmal?« Vanessa schiebt ihre Mutter förmlich in Richtung ihrer Tante, bevor sie sich wieder mir zuwendet.

»Meinst du das ernst?« Sie lächelt nicht mehr, dennoch sieht man ihr deutlich an, wie glücklich sie ist. Eifersucht zuckt durch mich hindurch, weil ich ihr dieses Glück nie geben konnte. Der Lackaffe offensichtlich schon.

»Sonst wäre ich kaum hier.«

Sie schweigt einen Moment. Schneeflocken wirbeln um uns herum, lassen sie fast märchenhaft wirken in ihrem weißen Mantel und dem Brautkleid.

»Ich habe über unser Gespräch nachgedacht«, sage ich schließlich, weil das der eigentliche Grund ist, der mich heute Morgen aus dem Bett getrieben hat. »Es war scheiße, was du vor vier Jahren abgezogen hast, Vanessa, und erwarte von mir nicht, dass ich dir das verzeihe. Aber ich verstehe es jetzt.«

»Das habe ich nicht«, gibt sie zu und greift sich, ohne zu fragen, mein Sektglas, das ich immer noch in der Hand halte. »Aber es freut mich, dass du es verstehst.«

Ich presse meine Lippen zusammen und wieder überkommt mich das Gefühl, wegrennen zu wollen. Aber Vanessa kennt mich. Vielleicht besser als ich mich selbst.

»Ich habe gekündigt«, fahre ich fort. »Ich arbeite nicht mehr für meinen Vater. Ich werde mir etwas eigenes suchen.«

Sie nimmt einen Schluck, wirft suchend einen Blick über ihre Schulter. Ihr jetziger Gatte hat uns genau im Blick. Es passt ihm offensichtlich nicht, dass ich hier bin. Wenigstens ein kleiner Erfolg heute Morgen.

»Mach das. Es wird dir helfen zu erkennen, was du eigentlich vom Leben willst! Du entschuldigst mich?«

Sie lächelt mich an. Diesmal aufrichtig und offen. Ich erwidere es, doch kurz bevor sie sich abwendet, beuge ich mich zu ihr hinunter und gebe ich einen Kuss auf die Wange. Erinnerungen durchfahren mich, alte Gefühle, aber diesmal lösen sie nichts mehr in mir aus.

»Danke!«, flüstere ich dicht an ihrem Ohr. »Und herzlichen Glückwunsch!«

Ich zwinkere ihr zu, als sie sich schließlich umdreht, und plötzlich fühle ich mich seltsam leicht. Bis ich daran denke, was der nächste Schritt ist.

Ich lasse die Kirche und die Hochzeitsgesellschaft hinter mir, ziehe meinen Mantel enger um mich und greife nach meinem Handy. Ich habe es gestern Abend so richtig verbockt. Aber ich habe mir ehrlich gesagt, keine großen Gedanken gemacht, was mich erwartet, als ich auf die Weihnachtsfeier gegangen bin. Ich wollte Max sehen, meinen Mitarbeitern auf Wiedersehen sagen, mit Zoe sprechen. Was mich überrascht hat, war ihre all umfassende Wut. Und ihr Ex-Freund.

Vanessas Worte kommen mir wieder in den Sinn. Es wird Zeit, dass ich erkenne, was ich im Leben will. Und eines will ich sicher: Zoe!

Ich wähle ihre Nummer, lausche dem monotonen Tuten des Freizeichens. Sie nimmt nicht ab. Fuck, ich habe ihr anscheinend doch schlimmer zugesetzt, als ich dachte. Dann also die harten Geschütze.

Quit playing Games With My Heart

Zoe

Samstag, 23. Dezember

Ich habe noch nie einen Liebesbrief bekommen. Und jetzt liegt einer vor mir. Auf dem karierten Papier eines Collegeblockes, mit blauem Kugelschreiber geschrieben, springen mir die Worte regelrecht entgegen.

Willst du mit mir gehen?

Ja. Nein. Vielleicht.

Das kann nicht sein Ernst sein!

»Du kommst heute Abend auf alle Fälle mit!« Tinas Drohung fegt durch den Telefonhörer und übertönt die *Backstreet Boys*, die im Hintergrund aus meiner alten Musikanlage dudeln. »Und könntest du endlich diesen Mist abstellen? Wir sind doch keine fünfzehn mehr.«

Doch. Sind wird. Zumindest fühle ich mich genau so.

»Ich habe keine Lust. Wirklich. Ich muss noch Geschenke einpacken, meine Mum will zusammen mit mir den Braten vorbereiten und ...«

»Du verarschst mich, oder?«

Ich hoffe, dass sie nicht mit mir spricht. Denn es ist mir bitterernst mit meiner Entscheidung, heute Abend zu Hause zu bleiben. Und nicht, ich betone NICHT, mit Tina auf eine Hüttenzauber Party zu gehen.

»Nein.«

»Ich bin in einer halben Stunde bei dir! Und zieh' irgendwas Weihnachtliches an.«

Mir klappt der Mund auf, um lautstark zu protestieren, aber Tina hat bereits aufgelegt. Das merkwürdige Gefühl beschleicht mich, dass im Moment alle außer Kontrolle sind. Tina mit ihrer fixen Idee, mich auf diese Party zu schleppen, und Cedrik, dessen Brief immer noch auf meinem Schreibtisch liegt. Was hat er sich nur dabei gedacht? Na gut, er hat zugegebenermaßen wortreich geschrieben, was er von mir will. Nämlich mit mir reden, eine Chance, sich zu erklären. Und er hat ernsthaft erwähnt, dass er auf meine Haare steht und ich tolle grüne Augen habe. Wenn ich es nicht besser wüsste, könnte man meinen, der Brief sei von einem Teenager. Was vermutlich pure Absicht war, deshalb auch die bescheuerte Frage am Ende. Und deshalb auch die Backstreet Boys, die mich meine ganze Jugend und Cedrik-Anschmacht-Zeit begleitet haben.

Seufzend falte ich das Blatt Papier zusammen und schiebe es unter einen Stapel Rechnung. So muss ich es zumindest nicht länger anschauen und mich damit auseinandersetzen, ob ich nicht vielleicht doch mit ihm reden sollte. Stattdessen wende ich mich meinem Kleiderschrank zu und greife nach kurzer Überlegung zu einer schwarzen Jeans und einem roten Pullover. Tina wird nicht aufgeben und in spätestens dreißig Minuten hier sein. Besser ich bin vorbereitet.

»Das ist doch echt cool hier, oder?«

Durch den Lärm der umstehenden Gäste, die alle rote Nikolausmützen auf ihrem Kopf tragen, verstehe ich meine Freundin kaum.

»Ja, es ist ok«, brülle ich zurück und quetsche mich zwischen zwei Kerlen hindurch, Tina hinterher.

Wer kommt auf die bescheuerte Idee, mitten in der City eine Skihütte aufzustellen? Jemand mit einem genialen Gespür für Partys beantworte ich mir meine Frage selbst, denn die Hütte platzt aus allen Nähten. Kein Zentimeter ist mehr Platz zwischen all den feiernden Menschen, von der langen Schlange vor der Hütte einmal ganz abgesehen. Weihnachtslieder dröhnen aus den Boxen in der Ecke, in der Luft liegt der unverkennbare Geruch nach Bier, Glühwein und Schweiß. Die Menschen um uns herum feiern jedoch so ausgelassen, als gäbe es kein Morgen mehr.

»Hier, nimm!« Tina hält mir ein Schnapsglas entgegen und ohne zu fragen, was darin ist, trinke ich es aus. Anders überlebe ich diesen Abend nicht.

»Gute Einstellung!« Meine Freundin zwinkert mir zu und reicht mir direkt das nächste Glas. Diesmal nippe ich jedoch nur am Feigenschnaps, da ich den morgigen Heiligen Abend doch noch erleben möchte.

Plötzlich reißt Tina ihre Hände hoch und winkt hektisch. Sie trägt ein weißes Oberteil mit Glitzersternen darauf und um ihre Hand klingeln unzählige silberne Reifen. Zusammen mit der roten Mütze hat sie tatsächlich etwas von einem Weihnachtswichtel. Unwillkürlich muss ich schmunzeln. Es war eine gute Idee, hierherzukommen. Andernfalls hätte ich mich nur in meinem Zimmer verkrochen oder am Ende doch noch mit meinen Eltern die Extended-Version der Dornenvögel gesehen. Allein die Vorstellung beschert mir eine Gänsehaut und ich kippe den zweiten Schnaps hinunter. Heilig Abend ist ja noch eine Weile hin.

»Hi, schön, dass du da bist.« Tina schiebt sich an mir vorbei. Ich drehe mich mit ihrer Bewegung um, um zu sehen, wen sie da eben begrüßt hat und kann mich in letzter Sekunde bremsen, den Schnaps nicht vor lauter Überraschung wieder auszuspucken. Max' Zunge steckt bereits im Hals meiner Freundin und ich glotze die beiden an, wie ein Unfall, bei dem man einfach nicht mehr wegsehen kann. Was bitte habe ich da denn verpasst?

»Hey!« Max winkt mit seiner freien Hand, die nicht am Hinterteil meiner Freundin klebt, und schaut ein wenig ertappt.

Ich hebe nur fragend die Augenbrauen. Eine Erklärung werde ich wohl so schnell nicht bekommen.

»Hi, Zoe.«

Die Stimme hinter mir lässt mich herumfahren. Und Tina und Max auf der Stelle vergessen. Mit einmal mal ist mir warm und kalt gleichzeitig und alles, was durch meine Gedanken dröhnt, ist diese eine dämliche Frage: Willst du mit mir gehen? Eine Antwort darauf habe ich immer noch nicht.

Aber Cedrik sieht auch nicht aus, als erwarte er jetzt eine. Stattdessen lächelt er mich fast unsicher an und dieses Lächeln löst so viel mehr in mir aus als jedes geschriebene Wort seines Briefes.

»Was machst du hier?« Es ist sicher nicht die erste Frage, die mir einfällt, aber die Einzige, die ich zu stellen bereit bin.

»Max meinte, dass ihr beide hier seid.« Er zuckt mit den Schultern und die Unsicherheit verschwindet aus seinem Gesicht. Stattdessen verzieht er seinen Mund zu dem arroganten Grinsen, dass ich seit fünfzehn Jahren an ihm kenne. Und immer noch erfolglos zu hassen versuche. »Außerdem wollte ich dich sehen.«

»Ah.« Äußerst eloquent, Zoe!

Zwei Frauen schieben sich an uns vorbei, drängen uns an den Rand der Hütte. Hier ist es kaum ruhiger und mehr Platz hat man auch nicht. Ganz im Gegenteil. Cedrik steht so dich vor mir, dass ich meinen Kopf heben muss, um ihn anzusehen.

Meine Hände stoßen gegen seinen Bauch, als ihn jemand anrempelt und obwohl mehrere Stoffschichten dazwischen liegen, schickt die Berührung Stromstöße durch meinen Körper. Oh, verdammt!

»Wie geht es Oliver?« Cedrik hat sich zu mir gebeugt, damit ich ihn besser verstehe. Sein Atem streift meine Wange, lässt meine Haut brennen und mit einem Mal ist mir unsäglich heiß.

»Keine Ahnung. Ich habe ihn seit Donnerstagnacht nicht mehr gesprochen.« Warum zur Hölle lüge ich ihn nicht einfach an? Aber als ich den Blick hebe und erneut in Cedriks sturmverhangene Augen sehe, trifft mich die Wahrheit mit aller Wucht. Weil ich ihn will. Weil ich ihn schon immer wollte und immer noch verzweifelt darauf hoffe, dass er mich auch will. Und dieser verdammte Brief hat mich hoffen lassen. Genauso wie die Tatsache, dass er jetzt vor mir steht, sich immer noch an mich drückt, obwohl er es nicht länger müsste.

»Hast du meinen Brief bekommen?«

Ich schlucke hart. Mein Hals ist wie ausgedörrt. Meint er das tatsächlich ernst mit mir? Sind wir doch ein Schneesturm im Sommer?

»Ja.«

In seinen Augen blitzt etwas auf. Am Rande bekomme ich mit, wie Tina und Max an uns vorbei in Richtung Bar gehen und meine Freundin Max' Hand zielsicher hinter sich her zieht. Irgendwie überrascht mich das nicht. Die beiden passen zusammen. Tun Cedrik und ich das auch? Meine Gefühle schlagen Purzelbäume und ich kann keinen klaren Gedanken mehr fassen. Ich bin wütend auf ihn, er hat mir wehgetan. Zumindest war das der Stand am Donnerstag. Was also hat sich seitdem verändert?

»Zoe?«

Verwirrt schaue ich wieder zu ihm hoch. Hat er irgendetwas gesagt?

»Denk' nicht so viel!«

Und dann küsst er mich.

Cedrik bittet mich nicht, er fragt auch nicht um Erlaubnis. Das hat er noch nie. Er küsst mich einfach. Und dieses Mal haut es mich um. Endgültig und unwiderruflich gehe ich in diesem Moment an ihn verloren.

Denn ich kann fühlen, dass es ihm genauso geht. Dieser Kuss ist anders als unser erster Kuss während der Weihnachtsparade in Newfane. Er ist auch anders als die Zärtlichkeiten, die wir in der Nacht oder am Morgen danach ausgetauscht haben. Dieser Kuss ist echt, ungeschminkt, die einfache Wahrheit, dass mehr zwischen uns ist als ein lapidares Geplänkel. Wie ein Schneesturm fegen meiner Gefühle und Empfindungen durch mich hindurch, ich lasse mich fallen und höre endgültig auf zu denken. Meine Hände suchen nach Halt, krallen sich in Cedriks Pullover fest, weil meine Knie wegzubrechen drohen. Ich bekomme keine Luft mehr, doch ich brauche nicht länger zu atmen, weil alles was zählt, Cedriks Lippen auf meinen sind. Ein Keuchen schlägt mir heiß entgegen, schickt ein verlangendes Ziehen durch meinen Körper bis zu dem empfindsamen Punkt zwischen meinen Beinen. Oh, zur Hölle, ich will diesen Kerl! Und jeder Millimeter zwischen uns ist einer zu viel!

Meine Hände fahren wie von selbst unter seine Pullover, finden seine warme Haut, während Cedrik mit seinen Lippen eine brennende Spur meinen Hals hinab zieht.

»Wir sollten von hier verschwinden«, raunt er dunkel an meinem Ohr. Er löst sich von mir und ich schnappe verzweifelt nach Luft. Meine Lungen ziehen sich schmerzhaft zusammen, weil ich dringend Sauerstoff brauche.

Cedrik grinst verschmitzt, aber seine dunklen Augen funkeln mich an. Und ich erkenne eine Zuneigung und Wärme in ihnen, die mich erneut trocken schlucken lässt. Er meint es ernst. Verdammt ernst. Im Hintergrund trällert *Andreas Gabalier* gerade ein Weihnachtslied, aber die Musik erreicht mich nicht mehr. Ich sehe nur Cedrik. Seine blaugrauen Augen und das Versprechen darin. Das Versprechen, dass er sich so viel mehr wünscht als nur einen netten Abend. Dass er mir so viel mehr wünscht.

»Komm!«

Ich greife nach seiner Hand und ziehe ihn hinter mir her. Durch all die feiernden Menschen, vorbei an der Warteschlange vor der Skihütte, durch die Straßen, bis zum Haus meiner Eltern. Davor bleibe ich stehen, drehe mich unsicher zu ihm um.

»Fragst du mich jetzt ernsthaft, ob ich noch mit rauf kommen will?«, lacht er und wirkt mit einem Mal wieder wie der Junge vom Schulhof. Befreit, jung, als hätte er eine schwere Last von seinen Schultern gestreift.

»Wir sollten reden.«

Schneeflocken fallen vom Himmel und die ganze Szene wirkt im Licht der Straßenlaternen nahezu unwirklich.

»Das sollten wir«, stimmt mir Cedrik zu und kurz huscht ein Schatten über sein Gesicht. »Aber es ist gleich Mitternacht und jetzt werden wir ganz sicher nicht mehr ... reden.«

Ich beiße auf meine Lippe und schlucke meine Antwort herunter. Zu viele Dinge zwischen uns sind immer noch ungeklärt. Die *Nero Investment Group*, seine Kündigung, sein Vater. Wir. Aber weil Cedrik mir schon wieder näher kommt und nun mit der Hand mein Kinn anhebt und einen federleichten Kuss auf meine Lippen haucht, trete ich meinem mahnenden erwachsenen Ich in den Hintern, und beschließe, heute Nacht das fünfzehnjährige Mädchen zu sein, das Cedriks Zuneigung so unendlich verdient hat.

Zimtsternzauber
oder
ein Schneesturm im Sommer

Cedrik

Sonntag, 24. Dezember

Es ist Weihnachten. Ein Tag wie jeder andere und doch etwas Besonderes. Für all die Kinder, die heute mit glänzenden Augen auf das Christkind warten, für all die Erwachsenen, die gestresst vom ganzen Jahr heute Abend endlich zur Ruhe kommen. Und zum ersten Mal seit Langem ist dieser Tag auch etwas Besonderes für mich.

Schneeflocken tanzen vor dem Fenster. Durch halb geschlossene Augen verfolge ich ihr anmutiges Spiel, genieße die Stille um mich herum und lasse mich fallen. Ich kann mich nicht erinnern, wann ich das letzte Mal so ruhig war. So zufrieden, so glücklich. Hätte mich jemand vor vierundzwanzig Tagen gefragt, wo ich wohl an Weihnachten dieses Jahr aufwache, wäre ich im Traum nicht auf Zoes Kinderzimmer gekommen.

Ein leises Seufzen lässt mich schmunzeln. Ich drehe meinen Kopf und beobachte, wie Zoe die Nase rümpft. Ihre Lider flattern, sie wacht auf. Ihr Gesicht ist selbst im Winter von Sommersprossen bedeckt, und ich kann mich nicht bremsen und hauche ihr einen Kuss auf die Nasenspitze. Sie schaut mich an und ich erkenne Unsicherheit in ihrem Blick. Es ist nicht der erste Tag, an dem wir gemeinsam in einem Bett aufwachen, aber es ist ganz sicher der erste Morgen mit rosa Pferdebettwäsche.

»Guten Morgen«, grinse ich sie vergnügt an und das warme Gefühl in meinem Bauch beginnt zu kribbeln. Und das verlangende Ziehen in meinem Unterleib, weil sie verdammte Kacke nackt neben mir liegt!

Zoe grummelt irgendetwas Unverständliches. Sie dreht sich auf die Seite, lässt mich dabei jedoch keinen Moment aus den Augen. So als könnte sie immer noch nicht glauben, dass ich tatsächlich neben ihr liege. Kann ich auch nicht, wenn ich die Porzellanfiguren auf dem Fenstersims betrachte, die vor Kitsch nur so strotzen. Meinen Schwanz interessiert das allerdings recht wenig, der schreit trotz des unerotischen Firlefanzes nach Aufmerksamkeit.

»Was ist das zwischen uns?« In ihrer Frage schwingt ihre ganze Unsicherheit mit und am liebsten würde ich laut aufstöhnen. Frauen! Immer müssen sie alles analysieren, kategorisieren und benennen. Kann man den Dingen nicht ab und zu einfach ihren Lauf lassen? Und vögeln?

»Ist das wichtig?«, frage ich daher und lasse meine Hand unter ihre Bettdecke gleiten. Also genau genommen ist es auch meine, denn wir haben uns heute Nacht um *Wendy* buchstäblich gekloppt. Doch da sie die Decke irgendwann für sich entschieden hat, liege ich jetzt splitternackt, unbedeckt und offensichtlich angeturnt neben ihr.

»Ja, ist es.«

Unbeirrt setze ich meinen Weg fort, finde ihren warmen Bauch, fahre zu ihrer Taille und ziehe sie mit einem Ruck an mich heran. Mein steinharter Schwanz drückt sich an ihren Körper und das Verlangen rast wie Feuer durch meine Adern. Oh, Baby, du willst jetzt nicht ernsthaft reden, oder?

»Mmh … dann lass mal sehen, was das zwischen uns ist«, raune ich ihr leise zu, während ich spielerisch mit den Fingern ihren Körper hinaufgleiten. Zoe zischt, als ich ihre Brüste berühre und ihre Brustwarzen unter meiner Liebkosung hart werden.

Mein Mund verzieht sich zu einem boshaften Grinsen. »Im Moment ist da eine überflüssige Decke zwischen uns.« Mit einem Ruck ziehe ich sie ihr von den Schultern, sodass sie ebenso nackt wie ich vor mir liegt.

Zoe keucht empört auf und ich nutze den Moment und schmiege meinen Kopf in ihre Halsbeuge. Ihr Duft nach Zimt hüllt mich ein und vernebelt mein Gehirn. Meine Hände fahren wie von selbst über ihren nackten, warmen Körper und ich merke deutlich, wie ihr Widerstand dahinschmilzt. Lächelnd schließe ich die

Augen, folge mit meinem Mund einer unsichtbaren Spur ihren Hals hinauf, spüre ihren aufgeregten Puls an meinen Lippen.

Ein leises Stöhnen durchdring die Stille, als Zoe ihren Kopf hebt und ihre Lippen verzweifelt auf meine drückt. Ich lache amüsiert in ihren Mund, weil ich sie sowas von im Griff habe, und erwidere ihren Kuss mich absichtlicher Zurückhaltung. Zoe ächzt frustriert, schiebt ihre Zunge in meinen Mund und krallt ihre Hände in meinen Rücken. Heißes Verlangen explodiert in meiner Mitte. Oh, scheiße, ja, Baby!

Mit einer einzigen Bewegung bin ich über ihr und drücke sie in die Kissen. Dunkelgrüne Augen funkeln mich an, sprühen förmlich vor Liebe und Leidenschaft. Gestern Nacht war es dunkel, jetzt am helllichten Morgen erkenne ich umso deutlicher, was ich seit langem bereits weiß. Zoe ist in mich verliebt.

Ich halte inne, sehe sie nur an. Mein Körper liegt nackt auf ihrem, hart und bereit, sie sofort zu nehmen. Zoes Atem geht hektisch und heißes Verlangen schlägt mir entgegen. Aber da ist etwas, was ich ihr sagen muss. Bevor ich sie vögle und alle anderen Gedanken auslösche. Da ist diese eine Sache, die all das zwischen uns endgültig macht.

Zoe bewegt ihre Hüfte, ihre feuchte Mitte trifft meinen harten Schwanz und ein gequältes Keuchen entfährt mir. Jetzt oder nie.

»Ich bin in dich verliebt, Zoe.«

O Mann, habe ich das echt gesagt?

Ihre Augen werden kugelrund, während ich mich mit einem einzigen harten Stoß in sie treibe. Und sie hoffentlich vergessen lasse, was ich eben gesagt habe. Aber Zoe hebt ihre Hand, legt sie an meine Wange. Dann öffnet sie ihre Lippen, flüstert ein paar Silben, aber ich verschließe ihren Mund mit einem Kuss. Ich brauche ihre Antwort nicht hören, denn ich weiß bereits alles, was ich will.

Ein Klopfen an der Tür lässt uns zusammenfahren.

»Zoe?«

Ich halte inne, mein Schwanz pulsiert in ihrer Mitte, aber ich bin unfähig, mich auch nur einen Zentimeter zu bewegen.

»Zoe, bist du da? Wir wollen gleich in den Gottesdienst gehen und ich wollte fragen, ob du nicht mitkommen möchtest?«

Fuck! Ernsthaft?

Zoe sieht mich panisch an. Und ich sehe ebenso panisch zurück.

»Ja, Mama. Ich ... ich komme gleich.«

Mir entfährt ein Fluch. Wohl kaum! Sie liegt immer noch nackt unter mir, und ich will das jetzt verdammt noch einmal zu Ende bringen. Aber mein Schwanz realisiert sehr schnell, dass das wohl nichts mehr wird.

»Warum zur Hölle wohnst du noch bei deinen Eltern?« Meine ganze Frustration bricht sich ihre Bahn, während ich mich schwungvoll neben sie zurück auf das Bett werfe.

»Du weißt, warum. Oliver. Aber in drei Wochen ziehe ich in eine eigene Wohnung neben Tinas Apartment.« Sie zuckt bedauernd mit den Schultern, lächelt mich entschuldigend an. »Hast du Lust auf Frühstück?«

Wir frühstücken zum Glück nicht bei ihren Eltern. Das hätte mir auch wirklich den Rest gegeben. Stattdessen hat mich Zoe in ein kleines Café um die Ecke eingeladen, das trotz der anbrechenden Weihnachtsfeiertage geöffnet hat. Hier sitzen wir nun bei Kaffee und Croissants und Zimtsternen, die in einer hölzernen Schale mitten auf dem Tisch stehen. Ich muss über die Ironie beinahe lachen, denn dieser verdammte Zimtgeruch verfolgt mich jetzt, seit ich Zoe wieder getroffen habe.

»Warum hast du gekündigt?« Zoe nippt an ihrem Latte macchiato und schaut mich erwartungsvoll an. Ich seufze innerlich. Der schöne Teil des Morgens liegt hinter uns, jetzt muss ich wirklich reden. Und dabei hatten wir noch nicht einmal richtigen Sex.

»Ich habe mit meinem Vater gesprochen. Über unsere Erkenntnisse über die *Nero Investment Group*, über ihre Machenschaften, den Start-ups das Geld aus der Tasche zu ziehen.«

»Und was hat er gesagt?«

198

»Er ...« Gibt mir die Schuld daran. Aber das kann ich nicht aussprechen, auch weil es nur zum Teil der Wahrheit entspricht. »Er meinte, der Agentur ginge es finanziell nicht besonders gut, und dass dies der einzige Weg gewesen wäre, sie zu retten.«

»Das kann nicht sein Ernst sein!« Zoe starrt mich fassungslos an. Sie kennt meinen Vater nicht, ihm war das bitterernst. Die Firma steht über allem. Über ihm, der Familie, über jedem anderen Menschen, der ihn davon abhält, erfolgreich zu sein. Das war schon immer so. Und daran werde ich auch nichts ändern.

»Was tun wir jetzt?«, fragt Zoe, als ich nichts sage.

Ich nippe an meinem Espresso, bevor ich ihr antworte. Auch, weil ich einen Moment Zeit brauche, um meine Gedanken zu sortieren. »Ich habe mit Max gesprochen. Er hat Einblicke in die Finanzen und ist dabei herauszubekommen, wie viel Geld mein Vater tatsächlich mit der *Nero Investment Group* verdient hat. Es gehört uns nicht, daher werden wir es zurückgeben.«

»Aber die Group wird weitermachen!«, braust Zoe auf und rote Flecken bilden sich auf ihren Wangen, weil sie sich so aufregt. Sie bringen mich zum Schmunzeln und wieder breitet sich dieses wohlig warme Gefühl in meinem Bauch aus. Zoe ist impulsiv, wütend und stur. Und ich frage mich einmal mehr, wie so ein Vollidiot wie Oliver sie so lange an sich binden konnte.

»Nein, wird sie nicht. Ich habe Jordan kontaktiert, aber er hat über meine Drohungen, zur Polizei zu gehen, nur gelacht. Es wäre nichts Illegales an der

Sache, meint er. Also fliege ich nächste Woche nochmal nach New York. Ich werde Julia treffen und Jeff. Wir überlegen uns etwas, und gemeinsam werden wir dem ein Ende machen.«

»Ich komme mit!« Davon werde ich sie auch nur schwer abhalten können.

»Das dachte ich mir«, entgegne ich lächelnd. »Außerdem schulde ich dir noch einen Besuch auf dem *Empire State Building*, das ging bei unserem letzten Trip leider ... unter.«

»Du hast dich stattdessen betrunken«, stellt Zoe fest und funkelt mich zornig an. Aber ihre Mundwinkel zucken verräterisch. Sie trinkt noch einen Schluck aus ihrem Kaffee und kaut anschließend nachdenklich auf ihrer Unterlippe. Fuck, wenn sie das weiterhin tut, können wir unser Gespräch vergessen und ich zerre sie zurück ins Bett. In mein Bett, wohlgemerkt, wo uns keine Mutter mehr stört!

»Hast du deshalb gekündigt?«, kommt Zoe auf ihre eigentliche Frage zurück. »Weil dein Vater mit drin steckt und du gegen ihn ermitteln wirst?«

Ich atme tief durch. Jetzt kommt der schwere Part. »Nein. Ich habe gekündigt, weil ich endlich etwas allein schaffen muss. Du hattest recht mit dem, was du im Aufzug zu mir gesagt hast. Ich verstecke mich hinter meinem Vater. Und irgendwie auch hinter meinem Bruder. Ich war zornig auf die ganze Welt, daher muss ich endlich meinen eigenen Weg gehen.«

»Mmh.« Sie greift nach meiner Hand, die locker auf dem Tisch zwischen uns liegt, und fährt sanft mit ihrem Daumen darüber.

»Und was ist das zwischen uns, Cedrik?« Ihre Frage von heute Morgen.

»Ich weiß es nicht«, antworte ich ihr ehrlich. Und dann zwinge ich mich, die Worte noch einmal auszusprechen, vor denen ich so große Angst habe. Weil sie es verdient hat. Weil es die Wahrheit ist. Und ja verdammt, auch weil heute Weihnachten ist, und ich wenigstens ein gutes Geschenk heute machen möchte. Für sie. Für mich. Für uns. »Ich habe mich in dich verliebt, Zoe. Weil ich dich brauche. Nicht für die Firma oder irgendeinen Job. Für mich.«

Sie sieht mich an, wie sie mich vor fünfzehn Jahren schon angesehen hat. Also wäre ich ihr persönlicher Held vom Schulhof, als gäbe es nur mich. Und heute weiß ich, dass es tatsächlich so ist.

Zoe schweigt einen Moment, dann verzieht sich ihr Mund zu einem warmen Lächeln. »Das ist ein Anfang, Cedrik Baumann. Darauf können wir aufbauen.«

Und dann beugt sie sich vor, über den Tisch mit den vermaledeiten Zimtsternen, und küsst mich.

Über die Autorin

Izzy Maxen lebt mit ihrer Familie in Süd-Hessen. Seit 2017 veröffentlicht sie Liebesgeschichten und romantische Fantasy-Romane im Self-Publishing.

Sie hat in Mainz Germanistik, Buchwissenschaften und Geschichte studiert und anschließend in der Kommunikationsabteilung der LSG Group gearbeitet. Seit Mai 2021 ist sie als freie Lektorin tätig.

Izzy liest unglaublich gerne und viel – vor allem Fantasy & Romance. Ihre Freizeit verbringt sie am liebsten mit ihrer Familie und ihren Freunden. Sie liebt es zu reisen, neue Städte und Menschen kennenzulernen, und ist großer Fan echter Rockmusik.

Mehr über Izzy findet man unter www.izzymaxen.de bzw. www.traumtextfabrik.de, auf ihrer Facebook-Seite (facebook.com/izzymaxen) oder auf Instagram (@izzy.maxen bzw. @traumtextfabrik).